回望
汪曾祺

王干主编

汪曾祺诗词选评

汪曾祺　著

金实秋　评

一年容易又秋风
一九四〇年十月
曾祺遠興

广陵书社

图书在版编目（CIP）数据

汪曾祺诗词选评 / 汪曾祺著；金实秋评. -- 扬州：
广陵书社，2016.6
（回望汪曾祺 / 王干主编）
ISBN 978-7-5554-0563-4

Ⅰ. ①汪… Ⅱ. ①汪… ②金… Ⅲ. ①汪曾祺（
1920-1997）－诗词－文学评论 Ⅳ. ①I207.2

中国版本图书馆CIP数据核字(2016)第136777号

书　　名　汪曾祺诗词选评
著　　者　汪曾祺 著　金实秋 评
责任编辑　李　洁
出版发行　广陵书社
　　　　　扬州市维扬路 349 号　　　　邮编　225009
　　　　　http://www.yzglpub.com　　E-mail:yzglss@163.com
印　　刷　三河市华东印刷有限公司
开　　本　650 毫米 ×940 毫米 1/16
印　　张　19.5
字　　数　239 千字
版　　次　2016 年 6 月第 1 版第 1 次印刷
标准书号　ISBN 978-7-5554-0563-4
定　　价　56.00 元

前　言

"我们一直呼唤大师，也一直感叹大师的缺席。但有时候我们常常容易忽略大师的存在，尤其是大师在我们身边的时候，我们会选择性地失明。有一个作家去世十八年了，他的名字反复被读者提起，他的作品被反复重版，年年在重版，甚至比他在世的时候，出版的量还要大。我们突然意识到一个大师就在我们身边，而我们却冷淡了他，雪藏了他。他就是汪曾祺。"这是著名评论家王干先生在《被遮蔽的大师——论汪曾祺的价值》里对汪曾祺的评价。

"回望汪曾祺"这套丛书，就是回应王干先生并向汪曾祺致敬的一套关于汪曾祺著作和评价的文丛。先期出版五种：《夜读汪曾祺》《人间送小温——汪曾祺年谱》《汪曾祺诗词选评》《汪曾祺论沈从文》《我们的汪曾祺》。

《夜读汪曾祺》是著名评论家王干先生三十多年来研究汪曾祺文章的汇编，从多种角度解读汪曾祺为文为人和对中国当代文学的贡献，并由此认为"汪曾祺可以当之无愧被称为20世纪中国的文学大师，他的'大'在于融汇古今、贯通中西，将现代性和民族性成功融为一体，将中国的文人精神与民间的文化传统有机地结合，成为典型的中国叙事、中国腔调。他的价值是中国文学和文化的瑰宝，随着人们对他认识的深入，其价值越来越弥足珍贵，其光泽将会被时间磨洗得越发明亮迷人。"《人间送小温——汪曾祺年谱》是徐强先生花费多年心血研究整理的国内首部完整的汪氏年谱，具有极高的文献价值。《汪曾祺诗词选评》是金实秋先生对汪曾祺的诗词楹联的点评，有的诗词楹联还是第一次正式出版。《汪曾祺论沈从文》是刘涛先生对汪曾祺怀念老师沈从文的十余篇文章的解读。《我们的汪曾祺》由苏北先生选编，是国内文化名人、作家、评论家、读者怀念和评价汪曾祺的文章的一次集中展示。

我们回望汪曾祺，是因为汪曾祺的文学作品越来越受到读者的推崇和喜爱，并无可争议地成为当代文学大师。也正如王干先生所说："当中国文学回归理性，民族文化的自信重新确立的时候，汪曾祺开始释放出迷人而灼热的光芒来。"

广陵书社编辑部

目 录
CONTENTS

·题画·

·乡情·

· 忆旧 ·

酬　赠

戏柬斤澜

编修罢去一身轻，愁听青词诵道经。
几度随时言好事，从今不再误苍生。
文章也读新潮浪，古董唯藏旧酒瓶。
且吃小葱拌豆腐，看他五鼠闹东京。

此诗作于1991年,《汪曾祺全集》未载。见程绍国《林斤澜说》,
人民文学出版社2006年版。

林斤澜:1923年生,浙江温州人。1945年加入中共地下党。
1949年后历任北京人民艺术剧院编剧、北京市作协副主席、《北
京文艺》主编、中国作协理事等。著有《林斤澜文集》六卷本。

燕治国《渐行渐远的文坛老人》中《古董唯藏旧酒瓶——访
林斤澜》一文云:"看见墙上一条幅,文字俱佳,录来与诸位共
赏(略)。"即此诗也。据程绍国《林斤澜说》云:"汪曾祺还
有一件事,令林斤澜非常感动。林斤澜自1986年2月开始主编《北
京文学》以来,扶植青年作家,呼唤崭新艺术,传播精英思想,
成就卓著。但后来世事大变,周边一时不讲道理,陈希同点了《北
京文学》副主编李陀的名,林斤澜一时非常苦恼。汪曾祺紧紧站
在林斤澜一边,难得作诗一首,挥毫书写,在'戏柬斤澜曾祺辛未'
边钤上一印,交予老友。特别地说:'这是庆贺诗,我的字写得好。'"

编修罢去:喻林斤澜不做《北京文学》主编一事。编修,古
代官名,负责编纂、记述国史、实录、会要等一类事。

青词：旧时道教斋醮仪式上写给神仙的奏章表文，因一般用朱笔写在青藤纸上，故名。明时朝廷道教盛行，词臣竞以青词争宠媚上，后人亦称拍马颂圣之文为青词。

道经：喻束缚思想的那一套言论。"愁听"二字，写出了汪曾祺对青词、道经的无奈和厌恶。

苍生：老百姓。唐·李商隐《贾生》诗云："宣室求贤访逐臣，贾生才调更无伦。可怜夜半虚前席，不问苍生问鬼神。"

新潮浪：指文学上的一些新观念、新感觉。详见《七十一岁》新感觉注。

旧酒瓶：收藏旧酒瓶，是林斤澜的爱好，也是林斤澜的一大乐趣。他家的客厅，一边是书橱，一边是酒瓶橱，酒瓶橱里放着各式各样的酒瓶，其中也有汪曾祺送给他的。汪曾祺常常为老朋友收集酒瓶，见到一个特别的，立即收好，哪怕是千里迢迢也要带给林斤澜。举个例子吧，1989 年秋，汪曾祺与何镇邦应邀到福州讲学，何镇邦特此带上一瓶湘西的名酒"湘泉"。从北京到福州火车须走 46 小时，快到福州，"湘泉"已经被汪老独自品完。何镇邦准备处理酒瓶，汪老一下子拦住了他，说："这个酒瓶是黄永玉设计的，陶质的，造型古朴，瓶口覆之以红绸子，更增添几分可爱，得给林斤澜留着。"结果这个酒瓶子从福州又带到漳州，交给了林斤澜，用何镇邦的话说，"斤澜的行囊中总是鼓鼓囊囊的，全是一堆酒瓶子"（何镇邦《林斤澜收集酒瓶子》载《笔墨春秋》，群众出版社 1998 年版）。林斤澜酒瓶收藏得多，当然也是在不断淘汰，不断更新，不断增加，但那瓶"湘泉"始终珍藏之——珍藏着他和汪曾祺之间的深情。

小葱拌豆腐：双关语。小葱拌豆腐，既是菜名，又寓清白意，谚语有"小葱拌豆腐——一青二白"之句。林斤澜为汪曾祺纪念馆题一联云："我行我素，小葱拌豆腐；若即若离，下笔如有神。"

所谓且吃小葱拌豆腐者，即我行我素也！是对当时文学界有人非议汪曾祺、林斤澜等人的一种表态！

五鼠闹东京：五鼠，小说《三侠五义》（又名《七侠五义》）中之卢方、韩彰、徐庆、蒋平、白玉堂，五人结为兄弟，行侠仗义，因绰号各有个鼠字，故人称"五鼠"。此处五鼠泛指鼠辈小人也。

此诗一反汪诗闲散淡泊之风，激愤牢骚溢于言表，在汪曾祺的诗作中不多见，可证汪、林二老友谊之非同一般！

戏赠宗璞

壮游谁似冯宗璞，打伞遮阳过太湖。

却看碧波千万顷，北归流入枕边书。

载宗璞《三幅画》，见《宗璞散文选集》，百花文艺出版社1995年版。《汪曾祺全集》未载，诗题为编者所加。

宗璞：1928年生，北京人。原名冯钟璞。中国作协理事。当代作家，国际笔会会员。曾为《文艺报》等刊物编辑，曾在中国社会科学院外国文字研究所工作。其创作的小说多次获奖，《弦上的梦》获1978年全国优秀短篇小说奖，童话《总鳍鱼的故事》获中国作家协会首届全国优秀儿童文学奖。《三生石》获首届优秀中篇小说奖，《东藏记》获第六届茅盾文学奖，《丁香结》获首届优秀散文（集）奖。

太湖：位于江苏省无锡、苏州地区，为中国第三大淡水湖，风光秀丽，为著名之旅游风景区。

宗璞在《三幅画》中写到了汪曾祺写这首诗的原委与过程。宗璞说：八十年代初，《钟山》编辑部要举办太湖笔会，从苏州乘船到无锡去。万顷碧波，洗去了尘俗烦恼，大家都有些忘乎所以。汪兄忽然递过半张撕破的香烟盒纸，上写着一首诗（略）。

诗为即兴之作，而即兴之作，更可见作者之才情与性情。其结句尤妙，饶有情趣，令人神远。

戏赠李迪

草帽已成蕉叶破，倭衫犹似菜花黄。

几度泼湿吉祥水，本性轻狂转更狂。

诗见先燕云《那方山水》中《觅我游踪五十年——汪曾祺印象》一文，云南人民出版社 1994 年版。《汪曾祺全集》未载。

李迪：北京作家。

倭衫：日本之衬衫。倭，古代称日本。

吉祥水：泼水节时所泼洒之水，此水喻幸福吉祥。

1987 年，汪曾祺有 16 天云南之行，李迪亦在此行中。云南作家先燕云在《觅我游踪五十年——汪曾祺印象》一文中写道："途中小憩。菜花金黄，灿然一片。李迪头顶破帽，身着黄色日本国衬衫，十分活跃。汪老赠诗一首：（略）。十足一个李迪，大家不由叫绝。'赤日炎炎'将白白嫩嫩的北京作家李迪晒成花脸，墨镜后雪白，镜外的鼻子黑且花。汪老眼皮一抬，出口曰：'李迪呀，为你写照八个字，有镜藏眼、无地容鼻。'我们哗然，李迪笑得要倒之际，忘不了抓出本来。"

女作家凌力、先燕云等便说汪曾祺是酒精、味精、字精、画精；汪曾祺一点儿也不恼，还笑眯眯地回应了她们一句："妖精"。妖精们和汪老在一起，十分欢洽。先燕云在一篇散文中深情地写道："汪老对年轻人有种爱护宽厚的心态，使得我们放肆。"汪曾祺诗中云"轻狂"二字，即可证当时这一群女作家之放肆之态、放肆之乐也!

得到汪曾祺突然去世的消息,李迪十分难过。5月16日当天夜里在给友人的电话中,他悲痛地说了汪老逝世的经过,"那悲怆的声音"令友人"握电话机的手在颤抖"(见张昆华《寻呼汪曾祺》,载1997年5月26日《春城晚报》)。

致朱德熙

梦中喝得长江水，老去犹为孺子牛。
陌上花开今一度，翩然何日赋归休？

诗题为编者所加，诗见汪曾祺于 1991 年 5 月 14 日给朱德熙的信。此信载朱德熙夫人何孔敬所著《长相思——朱德熙其人》一书中，该书由中华书局于 2007 年出版。《汪曾祺全集》未载。

朱德熙（1920—1992），江苏苏州人。古文字学家、语法学家、教育家。1939 年入西南联大。1949 年后，曾任教于北京大学、清华大学、保加利亚索非亚大学。曾为北京大学教授、中文系副主任、副校长、研究生院院长、博士生导师，中国语言学会及世界汉语教学会会长等。著有《朱德熙文集》四卷本。

梦中喝得长江水：喻朱德熙思念故国之情深，虽身在美国，但心系中华。然而，远水尚不解近渴，况梦中之水乎。

老去犹为孺子牛：指朱德熙晚年在美国任教事。此句化自鲁迅："俯首甘为孺子牛。"犹，还，仍然。犹为非甘为，这是有区别的。孺子牛，喻像牛一样地为儿孙辈服务。

陌上花开今一度：喻朱德熙到美国已经一年了。陌上，路上。

翩然何日赋归休：翩然，欣喜自乐。晋·张华《鹪鹩赋》："翩翩然有以自乐也。"赋，吟咏。

朱德熙没有能够归休。汪曾祺写这封信时，朱德熙已经身患重病，不能回国了。得知德熙去世的消息，汪曾祺异常悲痛，放声大哭，几乎是从未有过的恸哭。汪曾祺的夫人施松卿在给何孔敬的信中说："曾祺一天夜晚在书房里，都以为他在写作。忽然听到曾祺在书房里放声大哭，把我们吓坏了，我们到书房里一看，只见书桌上摊开了一幅刚画好的画。画的右边写的是'遥寄德熙'，下款写的是'泪不能禁'。"汪曾祺的子女们回忆当时的情况说："朱德熙去世后，有一天晚上，爸一边自斟自饮，一边作画，突然间，家里人都听见他号啕大哭起来，凄厉的哭声令人心惊肉跳，因为从来都没有听他发出过这样的声音。走进爸的房间，只见他泪流满面，不能自持。桌上铺着一张画，已被泪水浸透，画上题写：遥寄德熙。"（见《老头儿汪曾祺——我们眼中的父亲》，汪朗、汪明、汪朝著，中国人民大学出版社 2000 年版）9 月 7 日，汪曾祺又特意写了一篇《怀念德熙》的文章，再次寄托哀思。

毓珉治印歌

少年刻印换酒钱，润例高悬五华山。
非秦非汉非今古，放笔挥刀气如虎。
四十年来劳案牍，钢刀生锈铜生绿。
十年大乱幸苟全，谁复商量到管弦？
即今宇内承平日，当年豪气未能遏。
浪游迹遍江湖海，偶逢佳石倾囊买。
少年积习未能消，老眼酒酣再奏刀。
晚岁渐于诗律细，摹古时时出新意。
亦秦亦汉亦文何，方寸青田大天地。
大巧若拙见精神，自古金石能寿人。

　　毓珉治印，自成一家。奔放蕴藉间有之，承画二方，均甚佳。
戏作短歌为谢。

一九八六年十月，曾祺

　　此诗载《汪曾祺书画集》（汪朗、汪明、汪朝编，自印本，
2000年版），诗题系编者所拟。《汪曾祺全集》未载。
　　毓珉：杨毓珉，剧作家。1919年生，山东蓬莱人。曾任北京
京剧团编剧、艺术室主任，《戏剧电影报》主编、编审。编写过
京剧《蔡文姬》、《叶含嫣》、《得意缘》（与张萝庚合作）、《芦
荡火种》（与汪曾祺等合作）等。与汪曾祺是西南联大时的同学，

北京京剧团时的同事。1949 年，汪曾祺从武汉的一中学调到北京编《说说唱唱》；1962 年，汪曾祺从张家口调回北作北京京剧团任编剧：都是杨毓珉联系、促成的。

换酒钱句：杨毓珉曾在昆明国立艺专中画系读书，会篆刻。时生活贫困，遂于笔墨店挂牌刻印。杨毓珉回忆说："小试身手，尚不甚恶。一个月可拿到四五十元，这比联大的贷金高出三四倍。于是我们可以租房住了，可以星期六不走二三里路去联大食堂吃那个掺有沙子、谷糠的'八宝饭了'，不时下个小馆吃碗焖鸡米线、卤饵块、喝二两烧酒、生活富裕多了。"

润例：又作润格、润笔，作品价目表之雅称。润笔，《隋书·郑译传》："上令内史令李德林立作诏书，高祖戏谓译曰：'笔干。'译答曰：'出为方岳，杖策言归，不得一钱，何以润笔。'上大笑。"例：规程、比照。

五华山：山名，在昆明市区。

非秦非汉非今古：喻不拘成法。

案牍：泛指文字工作。

钢刀生锈铜生绿：喻久未治印。

管弦：泛指音乐、歌舞、戏剧一类文艺活动。

承平：社会长期安定。

遏：阻止。

倾囊：尽其钱财。囊，口袋。

积习：长期养成的习惯。

奏刀：喻治印。奏，运、动。

晚岁渐于诗律细：出自唐·杜甫《遣闷戏呈路十九曹长》，喻晚年逐步把握了诗的格律，诗的艺术技巧更为娴熟。

摹古时时出新意：摹古，仿古，亦可是说继承传统。此句谓杨毓珉之治印并非一味复古，而是在继承古法的同时有所创新。

　　亦秦亦汉亦文何：这是对上文非秦非汉非今古的呼应和递进，赞扬杨毓珉篆刻艺术之精湛，从不拘成法到自成一家。文何，文，指文彭（1498—1573），明代篆刻家，吴门流派的创始人。字寿承，号三桥，江苏苏州人，文徵明之子。曾官国子监博士。他治印对当时和后世的篆刻艺术的发展、创新有相当大的影响。何，指何震（1522—1604），明代篆刻家，字主臣、长卿，号雪渔，江西婺源人。文彭的学生和朋友。后自成一家，被誉为徽派的祖师。

　　方寸青田：喻篆刻艺术。方寸，言其小，不大。青田，地名，位于浙江东南部，其地方山之叶蜡石，质地晶莹细腻，透明如冻，为制印原料之优质上品。

　　大巧若拙：真正聪明表面像是笨拙。出自《老子》第四十五章："大直若屈，大巧若拙，大辩若讷。"篆刻艺术讲究古拙，汪曾祺借老子语赞扬毓珉治印造诣之高。

　　金石能寿人：喻治印能使人延年益寿。金石，指篆刻。

　　汪曾祺这首诗是他酬赠朋友诗中最长的一首，是他们友谊的见证。杨毓珉与汪曾祺是多年的朋友，两人的交谊非同一般，举个典型的例子吧：1970 年 5 月 21 日，首都百万军民在天安门集会，拥护毛泽东当天发表的题为《全世界人民团结起来，打败美国侵略者及其一切走狗》的声明。江青的秘书通知《沙家浜》剧组的谭元寿、汪曾祺等上天安门城楼，在当时这可是天大的"政治荣誉"。此时的汪曾祺居然向军代表提出："能不能另换老杨去？"弄得军代表都蒙了，急得叫了起来："开什么玩笑……"（见陆建华《汪曾祺的春夏秋冬》，河南人民出版社 2005 年版）但是，汪曾祺和杨毓珉之间曾有过唯一的一次不愉快。那是缘于汪曾祺在粉碎"江青反革命集团"后受审查的事。汪朗在一篇文章中说："爸爸觉得杨毓珉知道真实情况，却没有为他说公道话，有些不忿。妈妈听说之后更是生气，觉得杨毓珉不够朋友。"……"其实，杨毓珉伯伯也有苦衷，自己能逃过审查已属万幸，在当时的气氛下哪里还能给爸爸说话。运动过了之后，两个人的关系才算恢复。"（见《老头儿汪曾祺——我们眼中的父亲》）汪曾祺去世后，杨毓珉写了一篇《往事如烟——怀念故友汪曾祺》的长文，深情地回忆了他们一起在西南联大、在北京京剧团的沧桑岁月和诚挚友谊，文中末尾他以四言诗一首寄托哀思，其诗如下：

> 天降斯文，启迪众生。笔墨馨香，文辞隽永。
> 状物写情，传声绘影。文论哲理，发人深省。
> 诗书满腹，著作身等。文坛巨擘，画苑精英。
> 我生有幸，朝夕过众。墨宝华章，先睹为荣。
> 昊天不吊，暴物沉星。斯人不寿，山河改容。
> 闷雷捶胸，苦雨哀鸣。九泉有知，君其聆听。
> 浊酒一樽，奠尔英灵。盼如往昔，评古论今。
> 不闻回声，热泪莹莹。呜呼噫嘻，如梦似醒。

赠高洪波

洪波何澹澹，楼高可摘星。
堂堂过白日，静夜觅童心。

此诗写于1995年6月1日，载于高洪波《星斗其文，赤子其人》，发表于1997年6月6日《南方周末》，《汪曾祺全集》未载。

此为一首嵌名诗。高洪波，1951年生，内蒙开鲁人。曾为《中国作家》副主编、《诗刊》主编，现为中国作协副主席、中华文学基金会理事长。出版有《高洪波军旅散文集》《高洪波儿童文学作品选》等多部著作，曾获一、三两届全国优秀儿童文学奖等。

洪波何澹澹：曹操《步出东门行·观沧海》中句："东临碣石，以观沧海。水何澹澹，山岛竦峙。树木丛生，百草丰茂。秋风萧瑟，洪波涌起。"澹澹，水波涌动貌。

觅童心：觅，寻找。童心，儿童的心灵、感情。借指高洪波从事儿童文学创作。应当指出，汪曾祺对童心是很看重的，很推崇的。他曾坦陈：我欣赏孟子的"大人者，不失其赤子之心"。他本人就是一位有童心、觅童心的"老顽童"，在《齐白石的童心》中，汪曾祺评齐白石的一幅"画之美，在于有一片温情，一片童心，一片人道主义。第一流的画家所以高出平庸的（尽管技法很熟练）的画家，分别正在一个有童心，一个'冇'"。在《高马得》一文的末尾，汪曾祺郑重地宣称："一个人爱才如渴，嫉恶如仇，有抒情气质，有童心，此人必是好人。"

赠张守仁

独有慧心分品格，不随俗眼看文章。
归来多幸蒙闺宠，削得生梨浸齿凉。

辛未秋日

诗题为编者所加，原载张守仁《最后一位文人作家汪曾祺》（《美文》2005年第5期），《汪曾祺全集》未载。

张守仁：1933年生，上海人。中国作协会员、北京作协理事，曾为《北京晚报》、北京出版社编辑，《十月》编辑部副主编、编审。著有散文集《废墟上的春天》《文坛风景线》、译文集《屠格涅夫散文选》等。张守仁在《十月》编辑部时，签发过汪曾祺的散文《萝卜》、短篇小说《露水》，并曾一起去云南采风，同住一室。张守仁在《最后一位文人作家汪曾祺》中论及这首诗时说："前两句诗是汪老对我这个后学的过奖之词，实不敢当。'慧心'和'品格'，应属于汪老。后两句却是实情。"

闺宠：夫人之怜爱。此处指张守仁懒吃水果，往往都是其妻将梨子等水果削去皮送到书桌上。

赠星云

出家还在家，含笑指琼花。
慈悲千万户，天地一袭裟。

诗写于 1989 年 3 月，载张培耕所著《佛踪万里记游》一书《大陆探亲弘法之旅》一文中（台湾佛光出版社 1992 年版）。《汪曾祺全集》未载。

星云：当代名僧。1927 年生，江苏江都人。十二岁时即出家为僧。1967 年于台湾高雄创佛光山道场，以弘扬"人间佛教"为宗风，树立"以文化弘扬佛法，以教育培养人才，以慈善福利社会，以共修净化人心"之宗旨。数十年来，先后在世界各地创建了二百余所佛光山分道场，十六所佛教丛林学院，五十余所中、小学校、二十六所图书馆、出版社、九所美术馆和若干云水医院；并著有《星云禅话》《佛光教科书》《星云大师演讲集》等。

1989 年 3 月 27 日至 4 月 24 日，星云大师所率领的国际佛教促进会大陆弘法探亲团到大陆参访，该团有来自台湾地区以及美国、加拿大、新加坡的法师、信徒、教授、作家、记者共 70 人，加上其他四个副团，总人数达 200 人，规模空前，影响巨大，该团受到了中国佛教协会会长赵朴初和诸山长老的热烈欢迎与隆重接待。29 天间，该团参观了北京、西安、兰州、敦煌、成都、重庆、武汉、上海、南京、扬州、镇江、杭州等地名山大刹；被赵朴初会长誉为"千载一时、一时千载，万里香花结胜因"之"血缘佛缘"。

杨尚昆也会见了星云大师等代表。

3月31日下午3时,星云率团拜访了中国现代文学馆,并与北京知名作家举行座谈。中国作协副主席冯牧和馆长杨犁相继致词欢迎。巴金、冰心因病未能与会,特分别致电、致函表达欢迎之意。汪曾祺及吴祖光、萧乾、邓友梅、冯亦代、舒乙、张洁、文洁若、宗璞、邵燕祥、冒舒湮、谌容等著名作家参加了座谈会。汪曾祺即席朗诵了此诗赠星云。此诗虽只四句二十个字,语言简练而蕴涵丰富,阐述了佛教旨义,充盈着禅风机趣,可誉为一首圆妙之禅诗。

出家还在家:喻星云以出世之精神境界做入世之利生事业。

含笑指琼花:琼花,扬州名花。此处语义双关。《五灯会元》卷一云:"世尊(释迦牟尼)在灵山会上拈花示众,是时众皆默然,惟迦叶尊者破颜微笑。"

慈悲千万户:誉星云弘法之普遍。

天地一袈裟:极言佛法涵盖荫佑之广大。袈裟,和尚之法衣。

赠赵本夫

人来人往桃叶渡，风停风起莫愁湖。
相逢屠狗毋相近，依旧当年赵本夫。

诗题为编者所加。诗写于1982年。发表于《风流秦邮》（《珠湖文学旅游特刊》高邮市文学艺术界联合会、高邮市旅游局编印2006年版）《汪先生》一文中。《汪曾祺全集》未载。

赵本夫：1948年生，江苏丰县人。当代作家，著有小说《卖驴》《狐仙择偶记》《绝唱》《无土时代》等，曾为《钟山》主编，现为江苏省作协副主席。1982年春，赵本夫在北京参加全国优秀短篇小说领奖会，认识汪曾祺。不久，赵本夫搬入新居，汪曾祺从北京寄给赵本夫一幅画，画上题诗一首，即"人来人往桃叶渡"一诗也。

桃叶渡：南京名胜，位于秦淮河与古青溪水道合流处。传六朝东晋时，大书法家王羲之的七子王献之常于此处迎接其爱妾桃叶渡河，并曾为之赋《桃叶歌》一首，后人遂名此渡口为"桃叶渡"，并成为文人墨客览胜赋诗之处。清代为"金陵四十八景"之一，今仍置有"桃叶渡碑"。

风停风起：双关语。时赵本夫之《狐仙择偶记》正引起文坛争议，甚至有人无限上纲。汪曾祺致函本夫，信中云："你很幸运，刚写小说就有人批评……"使本夫十分感动。

莫愁湖：南京名胜，现辟为公园，位于南京市城西，有郁金堂、

赏荷亭、胜棋楼、粤军殉难烈士墓等景区。湖因莫愁女而得名，
梁武帝萧衍有乐府诗名为《河中之水歌》，诗云："河中之水向
东流，洛阳女儿名莫愁。莫愁十三能织绮，十四采桑南阳头。……"
传莫愁曾居此处，后人遂以湖名之。

屠狗：杀狗的。司马迁《史记·樊郦滕灌列传》："舞阳侯
樊哙者，沛人也，以屠狗为事，与高祖俱隐。"此处喻平民百姓。

毋：不用。

迓：迎接。

此诗赞赵本夫虽为成名作家，但仍不失平民本色。

如梦令·赠黄石盘

　　二十四桥明月，二十三万人口。知否，知否，不是旧日扬州。二分明月，四面杨柳，拼得此生终不悔，长住扬州。

　　此诗与后之赠符宗乾、赠黄扬、赠许雪峰和赠扬州市政协之作均见朱延庆《三立集》（香港天马图书有限公司出版，1999年版）。《汪曾祺全集》未载。

　　黄石盘：时为扬州市政协秘书长。1991年9月，汪曾祺携夫人施松卿第三次回故乡高邮。10月7日，汪曾祺及夫人去南京途中于扬州小憩半日，扬州市政协予以热情接待。

　　二分明月：喻扬州月色之美，话出唐·徐凝《忆扬州》中句："天下三分明月夜，二分无赖是扬州。"

赠符宗乾

喜二十四桥明月，桥下长流。不须骑鹤，便在扬州。

符宗乾：时为扬州市政协主席。

二十四桥明月：出自唐·杜牧《寄扬州韩绰判官》，其诗为："青山隐隐水迢迢，秋尽江南草未凋。二十四桥明月夜，玉人何处教吹箫。"古代扬州桥多，后人常以"二十四桥"代指扬州。

骑鹤：出自南朝·殷芸《小说》：有客相从，各言所志，或愿为扬州刺史，或愿多赀财，或愿骑鹤上升。其一人曰："腰缠十万贯，骑鹤上扬州。"

赠黄扬

城外栽花城内柳，怕风狂雨骤。万家哀乐，都在心头。

黄扬：时为扬州市政协副主席。

赠津子围

大绿浓青俱泼尽，更余淡墨出烟岚。

见《大连日报》1997年6月21日津子围《更余淡墨出烟岚——忆汪曾祺先生》一文。

津子围，1962年生，辽宁大连人。原名张连波，中国作协会员，大连市作协副主席。著有长篇小说《残局》《残商》《残像》、中短篇小说《蝴蝶》《一袋黄烟》等。1991年夏，汪曾祺应邀到黑龙江参加一个会议，会议期间游镜泊湖，游湖后回宾馆书赠此句给津子围。

此两句原为汪曾祺《广西杂诗·桂林(二)》中句，有三字之差，原句为"大绿浓青都泼尽，更余淡墨出云烟"。

赠汪曾荣

开口谈宗族，五服情谊深。
寄身在市井，端是有心人。

为汪曾祺 1981 年第一次回家乡高邮时所作。诗载姚维儒《寄身在市井，端是有心人》，见姚维儒《寄身在市井》，内蒙古人民出版社 2010 年版。《汪曾祺全集》未载。

汪曾荣：汪曾祺之堂弟。

宗族：同一父系之家庭。

五服：此处指五代人，即高祖父、曾祖父、祖父、父亲与自身。

市井：泛指街市。

端：的确、果然。

赠李朝焜

同文能重译，笔下走龙蛇。
一事最堪喜，手擎二月花。

见李真真《舅公称我二月花》，载 2011 年 4 月 3 日 "新浪" 博客。诗作于 1997 年 4 月，为汪曾祺到成都参加四川省作家协会组织的 "五粮液笔会" 时所撰。《汪曾祺全集》未载。

李朝焜：汪曾祺之外甥，时在四川工作，汪曾祺在参加笔会之际他们曾会晤过。

同文：喻翻译。清代设有翻译机构，名曰 "同文馆"。

龙蛇：形容文字生动。宋·苏轼《西江月·平山堂》："十年不见老仙翁，壁上龙蛇飞动。"

二月花：喻花季少女，指李朝焜之女李真真。亦可理解为形容李朝焜对李真真之喜爱也。

赠高邮市委市政府联

神珠焕彩，水国新猷。

联撰书于 1994 年 6 月，见陈其昌《汪曾祺为家乡书记挥毫》，载陈其昌《烟柳秦邮》，江苏文艺出版社 2010 年版。《汪曾祺全集》未载。

1994 年 6 月，高邮市委、市政府于北京召开在首都的高邮籍人士联谊会，汪曾祺应邀出席了联谊会，并当场撰书了这副对联赠送给家乡的市委、市政府，表达了他对家乡建设成就的热情赞扬和热切期望。

神珠：传北宋年间，高邮湖上曾出现过珠光瑞照之奇观，是年见到珠光之邑人孙觉便高中进士。沈括于《梦溪笔谈》中曾记其事。文曰："嘉祐中，扬州有一珠甚大，天晦多见。初出于天长县陂泽中，后转入甓社湖（编者注：即今日之高邮湖之西部湖面），又后乃在新开湖（编者注：即今之高邮之东部湖面）中；凡十余年，居民行人常常见之。予友人（编者注：指孙觉）书斋在湖上，一夜见其珠甚近，初微开其房，光自吻中出，如横一金线。俄顷忽张壳，其大如半席，壳中白光如银，珠大如拳，烂然不可近视，十余里间林木皆有影，如初日所照，远处但见天赤如野火。倏然远去，其行如飞，浮于波中，杳杳如月。古有明月之珠，此珠色不类月，荧荧有芒焰，殆类日光。崔伯昜尝为《明珠赋》，伯昜高邮人，盖常见之。樊良镇正当珠往来处,行人至此,往往维舟数宵以待观,名其亭为'玩珠'。"

水国:喻高邮。高邮地处里下河地区,河渠交错,湖泊纵横。

猷:谋划、规划。

赠郭秋良联

眼空冀北，笔秀江南。

载杨文闯《不为稻粱为普宁》，刊于 2011 年 8 月号《热河》。
1992 年 9 月汪曾祺撰书。《汪曾祺全集》未载。

郭秋良：1936 年生，河北衡水人。作家、中国作家协会会员。
曾为承德市文联主席、河北省文联副主席。著有长篇小说《康熙
皇帝》、中篇小说《燕山群英》、散文集《热河冷艳》等。

空：喻目光远大。

秀：誉其作品之美。

赠麦风联

子贡文辞如泻水，陶朱舞袖似飘风。

联载麦风《忆汪曾祺先生二三事》，见麦风 2010 年 6 月 27 日博文。《汪曾祺全集》未载。

麦风：辽宁作家、摄影家，著有电视连续剧本《家是一张旧唱片》、摄影集《麦风的舞蹈世界》等。

子贡：春秋时人，端木氏，名赐，孔子的学生，善于辞令。《史记·仲尼弟子列传》云："田常欲作乱于齐，惮高、国、鲍、晏，故移其兵欲以伐鲁。孔子闻之，谓门弟子曰：'夫鲁，坟墓所处，父母之国。国危如此，二三子何为莫出？'子路请出，孔子止之。子张、子石请行，孔子弗许。子贡请行，孔子许之。"子贡遂游说齐、吴、赵、晋诸国，"使势相破，十年之中，五国各有变"。

陶朱：范蠡之别号。范蠡，春秋时越国大臣，曾助越王勾践灭吴复国。后功成身退，隐于江湖，且治产积居，渐成巨富。此处借喻善于经营、富且行德之人。

舞袖：化自成语"长袖善舞"，喻做事有办法、有凭借、能成其事。《韩非子·五蠹》："鄙谚曰：'长袖善舞，多钱善贾。'此言多资之易为工也。"

桂林即兴联

桂林洞山水，潮菜色味香。

此为汪曾祺于漓江观光后品尝当地潮菜之余戏作。时为1987年6月，汪曾祺应邀出席漓江旅游文学笔会，并游览了桂林等地。联载车欣欣《思慕"文狐"久知音——彭匈汪曾祺廿年笔墨情缘》，见2007年6月2日《广西新闻·南国早报》。《汪曾祺全集》未载。

潮菜：源于广东潮汕地区的菜系。

赠彭荆风联

心情同五柳，足迹遍三迤。

联见彭荆风《忆汪曾祺》，撰于 1987 年 4 月。见彭鸽子《幸运的邂逅》，载 2010 年 3 月 25 日彭鸽子之博文。《汪曾祺全集》未载。

彭荆风：1929 年生，江西萍乡人。作家，曾任云南省作家协会副主席，著有长篇小说《鹿衔草》、长篇纪实文学《挥弋落日》、中篇小说集《蛮帅部落的后代》、短篇小说集《佧佤部落的火把》、散文集《泸沽湖水色》及电影文学剧本《芦笙恋歌》（合作）等。

五柳：喻高士或隐者，语出晋·陶渊明《五柳先生传》："先生不知何许人也，亦不详其姓字，宅边有五柳树，因以为号焉。"陶渊明亦曾自号五柳先生。

三迤：云南之代称。清雍正时曾于云南设置迤东道、迤西道、迤南道，即三迤。

题云南腾冲和顺图书馆

海外千程路，楼中万卷书。
哲士何尝萎，余风在里闾。

为汪曾祺 1987 年 4 月云南之行时题赠，落款为一九八七年四月十八日汪曾祺，见墨迹。《汪曾祺全集》未载。

和顺图书馆：位于腾冲和顺镇。为和顺旅缅侨胞集资建于1928 年。现藏有七万余册书，其中各种孤本、善本、珍本书达一万多本，有"乡村文化界第一"之荣誉，为云南省重点文物保护单位。

哲士：指才能识见之超常者。《礼记·檀弓上》："哲士其萎乎？"

萎：衰落、凋谢。

里闾：泛指乡村。

题《百味斋日记》

轻霜渐觉秋菘熟，细雨微间蒲笋滋。
日日清时皆有味，岂因租处便无诗。

此诗原载 2000 年第 8 期《青少年日记》，墨迹载《淡墨集——自牧及其作品》（潜庐编，中国文联出版社 2000 年版），《汪曾祺全集》未载。

《百味斋日记》全名为《人生品录——百味斋日记》，自牧撰，山东文艺出版社 1993 年版。自牧，山东作家。1956 年生，山东淄博人。为山东省机关医院办公室主任，一级作家，著有散文集《百味集》《抱香集》《疏篱集》《尚宽集》等。

秋菘：秋天的白菜。菘，白菜。《周颙传》："颙清贫寡欲，终日长蔬食。惠文太子问颙，蔬食何味最胜？颙曰：'春初早韭，秋末晚菘。'"菘，白菜之雅称。宋·陆游《蔬菜杂咏·菘》："雨送寒声满背蓬，如今真是荷锄翁。可怜遇事常迟钝，九月区区种晚菘。"明·李时珍《本草纲目》释菘名，按陆佃《埤雅》云："菘性凌冬晚凋，四时常见，有松之操，故曰菘。"

蒲笋：蒲草和竹笋，均可食。《诗经·大雅·韩奕》："其蔌维何？维笋及蒲。"笋，竹根所生的嫩芽。

租处：聚积之处。

以"秋菘""蒲笋"喻日记之味。这两个比喻都是说的一个事，而之所以用两个比喻，此即朱自清所谓之"为的是分量重些，

骈语的气势也好些"（见《朱自清说诗》，陕西师范大学出版社
2005 年版），亦古诗常用之技巧耳。忆明珠曾致函自牧，谓"汪
曾祺先生题句，诗、书俱佳"（见《淡墨集》）。此言甚是。

题《太原日报·双塔》

晋祠彩塑传万古，散文谁过傅青主。

江山代有才人出，会看春芳满绿渚。

　　此诗写于 1992 年 3 月。原载燕治国《渐行渐远的文坛老人》之《蒲黄榆畔访文仙——访汪曾祺》一文中，山西人民出版社 2006 年版。《汪曾祺全集》未载。

　　晋祠彩塑传万古：晋祠，位于山西太原市西郊悬瓮山下，始建于北魏，为纪念周武王次子叔虞而建，北宋期间又为其母邑姜修建圣母殿。殿内有四十三尊宋代彩塑。祠内有难老、善利二泉，晋水主要源头由此流出，常年水温 17℃。祠内之古树周柏、隋槐至今尚生机勃勃；与难老泉、圣母殿彩塑誉为“晋祠三绝”。是中国现存规模最大、跨越历史最长、最具有代表性的周室帝王家祠和彩塑艺术博物馆。为首批国家重要文物保护单位，第一批国家 4A 级景区。彩塑，指晋祠内圣母殿之宋代彩塑，主像为圣母，其余为宦官像 5 尊，女官像 4 尊，侍女像 33 尊，各具神情，工艺超绝，为宋代彩塑艺术之珍品瑰宝，圣母像有“东方维纳斯”之美誉。

　　散文谁过傅青主：傅青主（1607—1684），即傅山。初名鼎臣，字青竹，后改为字青主，入清后又名真山、号石道人、朱衣道人、观化翁等。山西太原人，明末清初时文学家、书画家和医学家。世人评他是“博极群书，时称学海”，通晓经史诸子、释老之学，著有诗文集《霜红龛集》，并有若干书画作品传世。后人辑有《傅青主女科》《博青主男科》等。傅青主的散文很有特色，后人有"文古藻穆"之评，鲁迅曾称他的散文"语极萧散有味"。

江山代有人才出：每个时代总会有新生代崛起。为清·赵翼《论诗》中句。原诗为：李杜诗篇万口传，至今已觉不新鲜，江山代有人才出，各领风骚数百年。

会看春芳满绿渚：一定会呈现繁花似锦、春色满园的景象。会，肯定、必然。既可理解为预祝"双塔"副刊作品繁荣，也可认为是对太原、山西文学界的美好祈愿。

此诗选取两个象征山西文化艺术经典的人（傅青主）和物（彩塑），有意无意地和"双塔"之"双"挂上了钩，并用人们所熟知的赵翼的名句，寄托了对双塔副刊、山西文坛的厚望和对美好未来的瞻望。

题 画

自题小像

近事模糊远事真，双眸犹幸未全昏。
衰年变法谈何易，唱罢莲花又一春。

诗载《七十书怀》，见《汪曾祺全集》第四卷，诗为汪曾祺应《三月风》编辑部之请而作。1989年，《三月风》约请他写一篇随笔，并配发漫画家为他画的一幅漫画头像。编辑部要汪曾祺写几句话作为像赞，汪老便写了这首诗。

在《却老》一文中（《汪曾祺全集》第五卷），汪曾祺谈到这首诗。他说："自己的老态之一，是记性不好。初见生人，经人介绍，很热情地握手，转脸就忘了此人叫什么，有的朋友见过不止一次，一起开会交谈，却怎么也想不起该怎么称呼。有时接了电话，订了约会，自以为是记住了。但却忘得一干二净。但是一些旧事，包括细节，却又记得十分清楚。……另外一方面，又还不怎么显老，眼睛还不老。"

"莲花"，指"莲花落"。"莲花落"又叫"莲花乐""零零落""莲子"，是民间流传的一种曲艺形式。汪曾祺说："《绣襦记·教歌》两个叫花子唱的'莲花落'有句'一年春尽又是一年春'，我很喜欢这句唱词。"衰年变法句这是有所指的，一度时期文学界有一股批评所谓"淡化"的思潮。汪曾祺的作品亦被有的论者划入淡化一类。汪先生对此很不以为然，他直白地说："我所不懂的是：淡化，是本来是浓的，不淡的，或应该是不淡的，硬把它化得淡了。

我的作品确实是比较淡的，但它本来就是那样，并没有经过一个'化'的过程。我想了想，说我淡化，无非是说没有写重大题材，没有写性格复杂的英雄人物，没有写强烈的、富于戏剧性的矛盾冲突。但这是我的生活经历，我的文化素养，我的气质所决定的。我没有经历过多的波澜壮阔的生活，没有见过咤叱风云的人物，你叫我怎么写？……谁也不能下命令叫我照另外一种样子去写。我想照你说的那样去写，也办不到。除非把我回一次炉，重新生活一次。我已经七十岁了，回炉怕也很难。"

汪老这首诗，乍读好像一般，并无深意，细品才觉得很含蓄，也很激烈。全诗前两句似乎是写作者年届七十时岁的一种"老态"，其实是反衬作者对批评者的一种反批评：

"远事真"者，"我写作强调真实"，"我只能写我所熟悉的平平常常的人和事"。

"未全昏"者，"我只能用平平常常的思想感情去了解他们，用平平常常的方法表现他们"。

而"谈何易"者，其潜台词则是："你不能改变我！"

至于末句"唱罢莲花又一春"，明眼人大概也可以悟出来了，汪老的言外之意是：我还是照我的调子唱下去。在《却老》一文中，汪老把这层意思说得很明白，"衰年变法谈何易"，变法，我是想过的。怎么变，写那首诗（指《自题小像》）时还没有比较清晰的想法。现在比较清楚了："我得回过头来，在作品里融入更多的现实主义。"

题丁聪画我

我年七十四，已是日平西。
何为尚碌碌，不妨且徐徐。
酒边泼墨画，茶后打油诗。
偶亦写序跋，为人作嫁衣。
生涯只如此，不叹食无鱼。
亦有蹙眉处，问君何所思？

诗载《汪曾祺全集》第八卷。

丁聪：1916年生，上海人，笔名小丁，著名漫画家。曾任《人民画报》副总编辑。出版有《丁聪画册》《古趣集》《新趣集》等三十多种。

日平西：太阳落山了。平，成。喻人已到晚年。

何为：为什么。

泼墨：中国画的一种用墨方法、作画技巧。明·李日华《竹懒画媵》云："泼墨者用墨微妙，不见笔迹，如泼出耳。"清·沈宗骞《芥舟学画编》曰："泼之为用，最足发画中气韵。"现代·潘天寿《听天阁画谈随笔》曰："泼墨法以较多量不匀之墨水，随笔挥泼于画纸之上而成者。"

打油诗：指的是一些以俚语、俗语入诗；也不讲究平仄对仗格律之类的诗，有通俗性、幽默性和嘲讽性的特点。传源于唐代一位名叫张打油的人写的一首《雪诗》：

江山一笼统，井上黑窟窿。

黄狗身上白，白狗身上肿。

　　偶亦写序跋，为人作嫁衣：汪老曾说："人到了一定岁数，就有为人为序的义务。我近年写了一些序，去年年底前就写了三篇，真成了写序专家。"其实，汪老为人作序并不轻松，其一是，分寸不好掌握，深了不是，浅了不是；其二是，汪老写序特认真，故占用了不少他创作的时间。所以，汪曾祺一般并不为人作序。不过，汪老还是写了许多的序，写了近三十篇之多。究其原因，乃基于为年轻人鸣锣开道，"为人作嫁衣"耳。汪老为我所编著的《古今戏曲楹联荟萃》的序就是一个例子，开始，汪老并没有答应为此书写序，只是来信告诉我应该如何写好这本书的序；后来，在我的再三恳请下，他才花了两天时间写了序。他在寄这篇序给我的信的末尾说："我年底极忙，却抽了两天写了这篇序，无非为表这一点支持之意耳！"当然，汪老为人作嫁衣之序跋是很有分寸的，作品之特色和高明，他会分析得很细、很深、很到位；而作品的短处与缺点，他也会毫不客气地指出来。曾有一位已有一定名气的散文作家，几次从外地到北京带了礼品找到汪曾祺请写序，汪曾祺想推辞也不成，最终虽然还是写了序，但这个序里是不捧不吹、实话实说；好话自然得说，可毛病也挑出来。他女儿汪明说了一句俏皮话："这小了一点面子也不讲。"真是令人喷饭之喻也。

　　食无鱼：喻怀才不遇。《战国策·齐策四》："齐人有冯谖者，贫乏不能自存，使人属孟尝君，愿寄食门下。……左右以君贱也，食以草具。居有顷，倚柱弹其剑，歌曰：'长铗归来乎，食无鱼！'左右以告，孟尝君曰：'食之。'比门之下客。居有顷，复弹其铗，歌曰：'长铗归来乎，出无车！'左右皆笑之，以告，孟尝君曰：'为之驾。'比门之车客。……后有顷，复弹其铗，歌曰：'长铗归来乎，无以为家！'"不叹食无鱼，潜台词即是他还是有人赏识的，受人重视的。

蹙眉：皱眉头，喻忧虑、烦心、不高兴。

问君何所思：此处之设问，将纵还收、欲说还休，显示了汪曾祺娴熟老辣的艺术技巧，也赋予读者以联想思考的广阔空间。晚清词论家陈洵曾云："词笔莫妙于'留'。盖能留则不尽而有余味，离合顺逆，皆可随意指挥，而沉深浑厚，皆由此得。"(《海绡说词》）汪老此诗十二句，前十句几乎都是平铺直叙，于结尾处却突兀一转，戛然作结，有含蓄不尽之神韵，堪称妙笔。

题丁聪画范用漫画头像

往来多白丁，绕墙排酒瓮。
朋自远方来，顷刻肴馔供。
偶遇阴雨天，翻书温旧梦。
剪剪又贴贴，搬搬又弄弄。
非止为消遣，无用也是用。

诗题系编者所加。2003 年 1 月 17 日《人民日报·海外版》杨建民《丁聪与文化人肖像》一文载此诗。范用《我很丑，也不温柔——漫画范用》载其诗，见三联书店 2006 年版。《汪曾祺全集》未载。

范用：1923 年生，江苏镇江人。出版家、作家，汪曾祺的老朋友。曾任人民出版社副总编辑、副社长，三联书店总经理，创办过《新华文摘》，主编《晚翠文谈续编》，著有《我爱穆源》《泥土·脚印》《泥土·脚印续编》等。

往来多白丁：句出唐·刘禹锡《陋室铭》：“谈笑有鸿儒，往来无白丁。”汪曾祺反其意而用之。白丁，喻无功名的读书人，平民老百姓。典出《隋书·李敏传》：“（隋文帝）谓公主曰：‘李敏何官？’对曰：‘一白丁耳。’”丁，指成年男子。

绕墙排酒瓮：范用喜集藏酒瓶。与汪曾祺是文友，亦是酒友，其家中的一个架子上摆的全是各式各样的酒瓶，甚至沿墙也排放着。

朋自远方来：语出孔丘《论语》："有朋自远方来，不亦乐乎。"

翻书温旧梦：喻范用编辑出版有关往事的书和撰写发表的怀旧文章。

此诗随意、洒脱，有打油诗之风，意在契合漫画，倘若一本正经，反而失其趣矣。

为宗璞画牡丹题赠

人间存一角，聊放侧枝花。
欣然亦自得，不共赤城霞。

诗题是编者所加。发表于 1992 年第 1 期《艺术世界》之《自得其乐》一文中，收入《汪曾祺全集》卷五。

关于这首诗，宗璞在《三幅画》一文中写道：宗璞把这首诗念给父亲冯友兰先生听，冯先生听后"大为赞赏，说用王国维标准来说，这诗便是不隔。何谓不隔，物与我浑然一体也"（见《宗璞散文选集》，百花文艺出版社 1993 年版）。

赤城霞：唐·李白《当涂赵炎少府粉图山水歌》："满堂空翠如可扫，赤城霞气苍梧烟。"原指山色皆赤，状如云霞。此处系喻牡丹之盛。

为张抗抗画牡丹题赠

看朱成碧且由他，大道从来直似斜。

见说洛阳春索寞，牡丹拒绝著繁花。

诗题为编者所加。诗作于发表于 1992 年第 1 期《艺术世界》中《自得其乐》一文中，收入《汪曾祺全集》卷五。

张抗抗在《汪老赠画》（见 2007 年 12 月日《扬子晚报》）中写到了这首诗，有二字不同。第一句之第七字，为"它"，第三句之第一字为"闻"，余皆无异。

张抗抗：当代作家。1950 年生，浙江杭州人。黑龙江作协副主席，中国作协第四届全国委员会委员，出版有长篇小说《情爱画廊》《隐形伴侣》《赤彤丹朱》《作女》等，作品曾获全国优秀中篇小说奖、全国第二届鲁迅文学奖等。

索寞：无生气之状。

繁花：花盛开。

张抗抗曾写过一篇著名的散文，名曰《牡丹的拒绝》。某年洛阳牡丹因春寒而在花期不开花，"却是朱唇紧闭，洁齿轻咬，薄薄的花瓣层层相裹，透出一副傲慢的冷色，绝无开花的意思"。于是作者感慨道："牡丹为什么要拒绝，拒绝在该属于它的荣誉和赞赏？""它不苟且不俯就不妥协不媚俗，它遵循自己的花期的规律，它有权利为自己选择每年一度的盛大节日。它为什么不拒绝寒冷？""同人一样，花儿也是有灵性、有品位之高低的。

品位这东西为气为魂为筋骨为神韵，只可意会。你叹服牡丹卓尔不群之姿，才知'品位'是多么容易被世人忽略或漠视的美。"

张抗抗在《汪老赠画》中感叹道：汪老的诗"耐人寻味"，"汪老走了多年，但他留给我的诗画，仍时时提醒我：文人气质，骨气为魂；富贵与高贵只一字之差，若是悖道，情愿拒绝"。

题水仙金鱼图

　　宜入新春未是春，残笺宿墨隔年人。

　　诗载《七十书怀》，收入《汪曾祺全集》第四卷。汪曾祺云："今年（1990）一月十五日，画水仙金鱼，题了两句诗：（略）这幅画的调子是灰的，一望而知用的是宿墨。用宿墨，只是懒，并非追求一种风格。"此日已是一月中旬，故曰"未是春"，"隔年人"。

题画菊

种菊不安篱，任它恣意长。
昨夜落秋霜，随风自俯仰。

诗题为编者所加。诗作于 1982 年 11 月。汪曾祺于诗末注云："一九八二年十一月不是七日就是八日，汪曾祺。时女儿汪明在旁瞎出主意。"见《汪曾祺书画集》（2002 年北京版）。《汪曾祺全集》未载。

此诗旨在"不安篱"，不安篱者即不限制也；不限制，则顺其自然，可恣意长也。

题四川兴文竹海图

竹林大如海，弥望皆苍然。
枝繁隔鸟语，叶密藏炊烟。
入输玉兰片，仍用青竹担。
儿童生嚼笋，滋味似蔗甘。

此诗《汪曾祺全集》未载，见《汪曾祺书画集》（2000 年北京版），诗为配画之作，画为一小鸟栖竹。落款为：一九八七年曾祺忆写。1982 年，汪曾祺曾有四川之行，他在写给朱德熙的一封信（《致朱德熙（十四）》）中说："这一趟真是'倦'游，走了川西、川南、川中、川东不少地方……在四川，汽车中无事，'想'了二十四诗，……"此诗可能也是那时所酝酿或创作的。

题戴敦邦《金陵十二钗宝玉图》

十二金钗共一图，画师布局费功夫。
花前著个痴公子，讨得闲差候茗壶。

一九九四年初春，汪曾祺

此诗《汪曾祺全集》未载。

戴敦邦：国画家，1938 年生，原籍江苏丹徒，上海人。中国美协会员，上海美协理事，上海交通大学文艺学教授，其创作之《红楼梦》《水浒》《西厢记》等古典文学人物画尤具神采、最受称誉。九十年代初，戴敦邦创作了一幅大型人物画《金陵十二钗与宝玉图》，时风约请一批文化名流为之题咏赋诗。冰心、曹禺、张中行、汪曾祺、何满子、余秋雨等三十位应邀题跋，一时传为艺苑盛事。

题美人与猫图

四十三年一梦中，美人黄土已成空。
龙钟一叟真迂绝，犹吊远踪问晚风。

此诗《汪曾祺全集》未载。见之于苏北《灵狐》（人民日报出版社 2004 年版）中《呼吸的墨迹——两篇手稿》。诗题为编者所加。画有汪曾祺跋，跋云：昆明猫不吃鱼，只吃猪肝。曾在一家见一小白猫蜷卧墨绿绫缎之上，娇小可爱。女主人体颀长，斜卧睡榻之上，甚美。今犹不忘，距今四十三年矣。

汪曾祺曾说沈从文："是个感情丰富的人，非常容易动情，非常容易感动……"（见《沈从文的寂寞》）。汪老也是这样的人。汪夫子自白云：《受戒》写的是"四十三年前的一个梦"，是我初恋一种朦胧对爱的感觉。此诗写的也是四十三年前的一个梦。他曾写过一篇《猫》，文章第一句就是"我不喜欢猫"，但是，只有一只猫他却喜欢上了，那就是诗中写的那只猫。汪曾祺写道："在昆明，我看见过一只非常好看的小猫。这家姓陈，是广东人。我有个同乡，姓朱，在轮船上结识了她们，母亲和女儿，攀谈起来。我这同乡爱和漂亮女人来往。她的女儿上小学了。女儿很喜欢我，爱跟我玩。母亲有一次在金碧路遇见我们，邀我们上她家喝咖啡。我们去了。这位母亲已经过了三十岁了，人很漂亮，身材高高的，腿很长。她看人眼睛眯眯的，有一种恍恍惚惚的成熟的美。她斜靠在长沙发的靠枕上，神态有点慵懒。在她脚边不远的地方，有一个绣墩，绣墩上一个墨绿色软缎圆垫上卧着一只小白猫。这猫真小，连头带尾只有五六寸，雪白的，白得像一团新雪。这猫也是懒懒的，不时睁开蓝眼睛顾盼一下，就又闭上了。屋里有一盆很大的素心兰，开得正好。好看的女人、小白猫、兰花的香味，这一切是一个梦境。"

正如香港作家彦火所说：在现实生活中，他（指汪曾祺）对美的东西也是不放过，如美酒，美食、美女。汪老是一个喜欢直话直说的人，他说，喜欢漂亮的女人，也很会看女人。……只有漂亮的女人可入汪老法眼（见《异乡人的天空》中《独立自凌霄的汪曾祺》一文。作家出版社 2006 年版）。我以为，上述数语可助我们理解和领悟汪老此诗之旨趣，以及汪先生的"迂绝"之可爱。宋·陆游《沈园二首》其二云：

> 梦断香消四十年，沈园柳老不吹绵。
> 此身行作稽山土，犹吊遗踪－泫然！

四十年后，陆游悼念前妻唐婉"犹吊遗踪一泫然"，四十三年后，汪曾祺怀念美女，"犹吊远踪问晚风"，皆为一个"梦"字，都是多情种子耳！

题冬日菊花

新沏清茶饭后烟，自搔短发负晴暄。
枝头残菊开还好，留得秋光过小年。

　　诗题为编者所加。原载《〈晚饭花集〉自序》，时为 1983
年 9 月 1 日，收入《汪曾祺全集》第三卷。后又载于《自得其乐》，
发表于 1992 年第 1 期《艺术世界》，收入《汪曾祺全集》第五卷。
诗前作者云："我已经六十三岁，不免有'晚了'之感，但思想
好像还灵活，希望能抓紧时间，再写出一点。曾为友人画冬日菊花，
题诗一首：（略）愿以自勉，且慰我的同代人。"

　　这四句诗主旨在"留得秋光"，反映了作者对平常生活的热
爱和淡泊闲适的心境，颇有情趣。1987 年秋，汪曾祺在高邮碰到
一位县政协副主席居宜，居宜也是酷爱烟酒茶的同龄人，一日对
饮，汪老酒酣之后，兴致上来，取笔展纸书赠居宜一诗——即《题
冬日菊花》也。

题凌霄

凌霄不附树，独立自凌霄。

丙子清明后二日，汪曾祺

载《汪曾祺书画集》2000年版。《汪曾祺全集》未载。

凌霄，落叶木质藤本，又名陵苕、紫葳、武威、东方宿、连虫陆等。茎上有气根，攀援高大树木可达百尺以上，故曰"凌霄"。古诗中咏凌霄诗不少，大多为讥讽凌霄攀附以刺世俗之鄙，如唐·白居易之《有木名凌霄》中："偶依一株树，遂抽百尺条。""一旦树摧倒，独立暂飘飘。"汪曾祺此句推陈出新，借物抒怀，当自有其感慨、有所寄托也。联系到汪曾祺一生的遭遇，我们对其中的含义就不难理解了。

题梅花

不是花开淡墨痕，娇红无意斗芳春。

　　载《汪曾祺书画集》2000年版。《汪曾祺全集》未载。元·王冕《墨梅》诗云："我家洗砚池边树，朵朵花开淡墨痕。不要人夸颜色好，只留清气满乾坤。"汪曾祺之题画诗亦含此意。

题画诗二则

竹

安得如椽笔，纵横写万竿。
岂能成个字，璟璟绿云寒。

紫　藤

紫云拂地影参差，何处莺声时一啼。
弹指七十年前事，先生犹是小孩提。

　　《竹》与《紫藤》为汪先生拟题画所写的诗稿。汪老之女汪朝女士整理父亲遗物时发现并惠示编者。诗稿未标出写作时间，《汪曾祺全集》未载。诗题为汪朝所拟。

　　安得：怎么能够得到。是欲得而不能得的一种假想的说法，表示某种愿望。如杜甫之名句："安得广厦千万间，大庇天下寒士俱欢颜。""安得壮士挽天河，净洗甲兵长不用。"

　　如椽笔：象椽子那样的大笔。椽，房梁。《晋书·王珣传》："珣梦人以大笔如椽与之。既觉，语人曰：'此当有大手笔事。'俄而帝崩，哀册、谥议，皆珣所草。"后人逐以如椽之笔称誉名家或名作。

　　岂能：难道能，怎么能的意思，表示反问。

　　个字：双关语。因竹叶形似"个"字，诗人常以"个"喻竹。

如清·袁枚诗句云："月映竹成千个字，霜高梅孕一身花。"此处意在"个人""个体"之"个"。

瑟瑟：瑟，义为玉之清净鲜洁，此处誉竹。

绿云寒：喻竹林之深广，与"万竿"相呼应。

汪老此诗似为题咏四川长宁竹海之作。1997 年 5 月，汪老曾有竹海之游。竹海位于长宁县城南，占地六万余亩，楠竹覆盖着二十余座岭峦和三百多个山丘，翠涛如海，蔚为壮观。传宋代大诗人黄庭坚曾于此叹曰："壮哉，竹波万里，峨嵋姊妹耳！"并以一大叉头扫帚为笔，在黄伞石壁上留下"万岭箐"三个擘窠大字。我以为，这也许是激活汪老触景生情，慨然咏吟之因吧。

古今咏竹之诗千万，而汪老之作，别开生面、独辟蹊径，开他人未入之境，作别人未道之语，"安得"使人联想，"岂能"发人深思；有意境、有蕴涵、有寄托、且议论带情韵以行。其立意之新，着眼之殊，诚为大手笔也。

《紫藤》显系怀旧思乡之作。先生者，汪老自喻也。汪曾祺在散文《我的家》中有句云："金鱼缸的西北还有一架紫藤，盛花时，紫云拂地。"而"七十年前事"，则可推知此诗为先生去世前那几年所作。虽为咏物，实质抒情，借物以发乡情、亲情，亦叹时光流逝之速耳。

紫云：形容紫藤花盛开时之美。

参差：长短不齐貌。

弹指：佛家语，喻极短暂的时间。语出《翻译名义集·时分》所引《僧祇律》："二十念为一瞬，二十瞬名一弹指。"

孩提：指二、三岁之间的幼儿。

庆 贺

寿沈从文先生八十

犹及回乡听楚声，此身虽在总堪惊。
海内文章谁是我？长河流水浊还清。
玩物从来非丧志，著书老去为抒情。
避寿瞒人贪寂寞，小车只顾走辚辚。

　　此诗《汪曾祺全集》未载。在汪曾祺的文章中，曾几次提到这首诗，一是于《沈从文先生在西南联大》中，汪曾祺说："他（指沈从文）八十岁生日，我曾写过一首诗送给他。"文中提到了诗的五、六两句。在《星斗其文，赤子其人》一文中，汪曾祺又提到了这首诗，说："沈先生八十岁生日，我曾写了一首诗送他。"但汪先生只在文中引了诗的第一、二两句和第五、六两句。全诗发表于汪先生去世后。1998年12月18日，《解放日报》发表了弘征先生的《我与汪曾祺的诗缘》，全诗载于此文。汪曾祺在致弘征的信中将这首诗抄给弘征，在诗的前面有这样一段话："今年十二月是沈先生八十岁，但他不将生日告人，我去问，则云已给过了。春天我写了一首律诗，补为之寿，抄给您看看。"诗当写于1982年12月，诗题为编者所加。

　　沈从文（1902—1988）：原名沈岳焕，湖南凤凰人。现代著名作家，历史文物学者。曾任西南联合大学、北京大学教授，中国社会科学历史研究所研究员。著有短篇小说集《虎雏》、中篇小说《边城》、长篇小说《旧梦》《长河》、散文集《湘行散记》、论文集《现代中国作家评论集》、学术专著《唐宋铜镜》《中国古代服饰研究》等。

犹及回乡听楚声：犹及，还来得及。楚声，楚地的乡音。此处泛指湘西土话。春秋时和五代时湖南属楚国。1982 年 5 月，八十高龄的沈从文先生和夫人："听到了家乡的傩堂戏，当清婉激越的歌声袅袅地在空中萦绕，沈老便情不自禁地手舞足蹈低声和唱起来，泪眼滂沱地喊道：'楚音！楚音！这是真正的楚音呀！'"陪他同去的诗人弘征目睹这一情景的十分感动，曾有一诗以志其情：

> 泪雨滂沱听楚音，梦中常绕故园情。
> 曾经忧患飘湖海，白发簪花是太平。

（见《杯边秋色·弘征随笔》，华夏出版社 1997 年版）

汪曾祺在《星斗其文，赤子其人》中说：沈先生"在家乡听了傩戏，这是一种古调犹存的很老的弋阳腔。打鼓的是一位七十岁的老人，他对年轻人打鼓失去旧范很不以为然。沈先生听了，说：'这是楚声，楚声！'他动情地听着'楚声'，泪流满面"。"端木蕻良看到这首诗，认为'犹及'二字很好。我写下来的时候就有点觉得这不大吉利，没想到沈先生再也不能回乡听一次了"。沈从文对"楚声"如此动情，缘于他对家乡的眷恋之深。也就是汪曾祺所说的——"他很爱他的家乡"。汪曾祺曾说，乡情的衰退的同时，就是诗情的锐减。沈从文和汪曾祺都是非常有怀乡情结的人。

此身虽在总堪惊：这是一句非常沉痛、特别激动的话。句出宋·陈与义词《临江仙·夜登小阁，忆洛中旧游》。原句为"此身虽在堪惊"，汪曾祺增"总"一字，使苍凉之感、沧桑之慨和无奈之叹更为突出、格外深刻，像这样的语句于寿诗中极少见之，汪曾祺竟用于为师八十寿辰之贺，可谓不吐不快，欲说此语久矣。沈从文先生在其《七十岁生日偶作》中曾云："浮沉半世纪，生存亦偶然。"又一个十年过去了，沈先生八十岁了，可见这十年也有令人郁闷处也！

海内文章谁是我，长河流水浊还清：这个"我"，含义非常深刻，也非常丰富，可以使人浮想联翩。沈从文先生是用生命写作的，"我会用自己的力量，为所谓人生，解释得比任何人皆庄严些与透入些"，"对于人生，对于爱憎，仿佛全然与人不同了。我觉得惆怅得很，我总像看得太深太远，对于我自己，便成为受难者了"（见沈从文给张兆和的信）。沈从文先生曾特别强调说："一切作品都需要个性，都必须浸透作者人格和感情，想达到这个目的，写作时要独断！"沈从文先生墓碑上刻的是：照我思索，可以识人。照我思索，可理解我。长河，双关语，沈先生于1942年出版了一部长篇小说，书名即为《长河》。他曾于《长河·题记》中说："一九三四年的冬天，我因事从北平回湘西，由沅水坐船上行，转到家乡凤凰县。去乡已十八年，一入长河流域，什么都不同了。表面上看来，事事物物自然都有了极大进步，试仔细注意，便见出在变化中的堕落趋势，最明显的事，即农村社会所保有的那点正直朴素人情美，几乎快要消失无余，代替而来的都是近二十年实际社会培养成功的一种唯实唯利的人生观。"当然，长河也可以理解为是人生的长河，历史的长河。

玩物从来非丧志，著书老去为抒情：玩物从来非丧志，这是对传统的"玩物丧志"的颠覆和驳正。玩物丧志，是说沉溺于喜爱的事物而使意志消解磨灭。长期以来，几乎一直为正人君子讥讽、所不齿、所批判。汪凌先生有一个十分精到的见解，他认为"玩物从来非丧志"一句，可以视为汪曾祺"对老师、对自己以及那醺醺于传统文化的文人气质的一种认定。这是因为，对民间林野一切素材的人和事、对世间一切美好可爱的事和物，怀抱着爱好之心，虽然不排除些许居高临下的远视与赏玩色彩，然而，却未尝不是他们对理想的寄托，对至真至善至美的追求。"（《汪曾祺——废墟上一抹传统的残阳》，大象出版社 2005 年版）汪曾祺充满敬意地几次写过沈先生的"抒情"，在《沈从文的寂寞》中，汪曾祺说"他搞的那些东西，陶瓷、漆器、丝绸、服饰，都是'物'，但是他看到的是人，人的聪明，人的创造，人的艺术爱美心和坚持不懈的劳动。他说起这些东西时那样兴奋激动，赞叹不已，样子真是非常天真。他搞的文物工作，我真想给它起一个名字，叫作'抒情考古学'"。汪曾祺也是很看重'抒情'的，他曾说自己是一个"抒情诗人""一个通俗抒情诗人""一个中国式的抒情的人道主义者"。不管是在什么情况下的自我定位，自我评价，或怎样的不同修饰、界定，"抒情"二字总是固定不移的。汪老这一联艺术性也很强，不仅遣词择字，妥帖精当，且议论处颇为老到自然。沈德潜曾赞叹杜甫《蜀相》等诗的中的"议论"，"带情韵以行"，细细品读，汪老此诗之议论，亦富有情韵耳。

避寿瞒人贪寂寞，小车只顾走辚辚：汪曾祺认为："安于寂寞是一种美德。寂寞的人是充实的。"从某个意义上，可以说寂寞造就了沈从文。沈从文自己也说："我有自己的生活与思想，可以说是皆从孤独中得来的。我的教育，也是从孤独中得来的。"沈从文不仅是安于寂寞，甚至是"贪寂寞"，这是汪曾祺对老师的高度赞扬和深刻理解。小车只顾走辚辚，取沈从文 1970 年所作《喜新晴》中诗意，其诗末两句为："独轮车虽小，不倒永向前。"辚辚，车行走声。

汪曾祺最后一篇写到沈从文的文章是《梦见沈从文先生》，

文章末尾，汪先生标了写作时间：1997年4月3日清晨。一个多月后，汪先生去世，此文发表于1997年8月28日《文汇报》，汪先生与沈从文一起到天国去论文叙旧了。1997年4月17日，《中国民族博览》编辑凤洁去汪先生处，汪曾祺将梦见沈从文的梦告诉凤洁。凤洁写下了当时的感觉："汪老对他的良师沈从文先生刻骨铭心的感情深深打动了我。汪老讲述的这个梦令我十分惊诧。我对汪老梦中他们的对话很感兴趣，就随手记在了采访本上。汪老笑着说：'这个梦还值得记录么？'我说：'觉得挺有意义，就记下来吧。十四岁那年我曾梦见过海明威，跟后来见到的他获诺贝尔文学奖颁奖时的照片上一模一样。'汪老说曾把梦见沈先生的事讲给别人听，但听的人都不相信。我说我深信不疑，因为梦是自己到来的，并不是想梦见什么就能梦见什么，梦里什么奇迹都会出现。"（载1997年5月27日《文汇报》之《汪曾祺最后的梦——哭汪曾祺先生》）

为了便于读者进一步了解汪曾祺与沈从文的师生情，兹将已知的汪曾祺写沈从文的文章列表如下：

1980年：《沈从文和他的〈边城〉》

1982年：《沈从文的寂寞——浅读他的散文》

1986年：《沈从文先生在西南联大》

1988年：《一个爱国的作家》《星斗其文，赤子其人》《沈从文转业之谜》

1989年：《〈沈从文传〉序》《与友人谈沈从文》

1990年：《读〈萧萧〉》

1992年：《又读〈边城〉》

1993年：《美——生命——〈沈从文谈人生〉代序》

1994年：《中学生文学读〈沈从文〉》

1997年：《梦见沈从文先生》

汪曾祺一直为对沈从文的评价不公而鸣不平。尤其令人深为感佩的是：1957 年 5、6 月间，汪曾祺竟然于一个座谈会上愤慨地说："对沈从文先生的估价是不足的，他在三十年写了三、四篇同情共产党人受迫害的文章，他的情况很复杂，不能简单的对待，应该重新研究。"八十年代后，汪曾祺持续写了十多篇关于沈从文的文章，每一篇都渗透了他对老师的挚爱深情。他甚至激昂地公开呼叫：诺贝尔奖算什么？川端康成算什么？他值我的老师沈从文吗？（见程绍国《林斤澜说》）汪曾祺充满崇敬地指出："沈先生是一个真诚的爱国者"，"他是我见到的真正淡泊的作家，这种淡泊不仅是一种'人'的品德，而且是一种'人'的境界"。汪老去世后，何志云回忆起汪曾祺赶写悼念沈从文的文章的事：沈从文去世时，汪曾祺在浙江桐庐参加一个笔会，当晚接到北京的长途电话，才知道他敬爱的老师辞世了。汪曾祺抑制住悲痛，连夜赶写了题为《星斗其人，赤子之人》的文章。何志云写道："第二天一早，汪老来敲我的房门，眼睛红红的，手里拿着一叠稿纸，说连夜写了篇文章，让我看一看，如果没有什么问题，想赶紧传真给北京。当时正在开展'清除精神污染'运动，汪老当然不希望因为自己有什么措词不当，耽误了对沈先生的深切悼念……文章写得颇费心血，我一下子懂得何以要花汪老一夜的时间了。文章当即传真出去，很快就发表在《人民日报·海外版》上，不仅引起了海内外的注意；而且为日后公正全面地'盖棺认定'沈先生，起到了良好的作用。"（见《赤子其人》，载 1997 年第 8 期《北京文学》）

寿马少波同志

红花岁岁炫颜色，青史滔滔唱海桑。
信是明妍天下甲，西厢双至咏西厢。

诗发表于 1988 年 8 月 12 日《文艺报》所载《退役老兵不"退役"》一文中，收入《汪曾祺全集》第四卷。

马少波：1918 年生，山东莱州人。青年时即从事抗日救国学生运动和参加游击战争。1949 年后历任中国戏曲研究院党总书记、副院长，中国京剧院副院长，北京戏曲研究所所长，北京剧协副主席。著有散文小说集《东行两月》《从征拾零》，京剧《木兰从军》《闯王进京》《关羽之死》，戏剧理论集《戏曲艺术论集》与诗词集《乐耕园诗词二百首》等。

这是一首集句诗，是从马少波同志自己的诗中摘集的。1988 年，马少波同志七十岁，汪先生特作此祝寿。集句诗，又叫集锦诗，是以现成的诗句另组成新诗的一种诗体，所集之诗句必须运用自如，浑然天成，是一种艺术的再创造，有相当的难度。汪曾祺集马少波写的诗为马少波祝寿，显得分外亲切，也更见功力。

红花岁岁炫颜色：赞马少波同志创作力旺盛，剧作多产优质。汪曾祺在《退役老兵不"退役"》中便感叹马少波："这几年，他写了多少剧本！昆曲、京剧、越调、蒲剧……什么都写。读他的剧本，没有任何衰老之感，依然是才气纵横。"炫，光辉明亮貌。

青史滔滔唱海桑：赞马少波同志的历史剧之多产，马少波剧作中历史剧居多。青史，史书。古代人于竹简上记事，竹简色青，故名。此处系指马少波之历史剧。滔滔：连续不断。海桑，即沧海桑田之谓，谓世事变迁很大。晋·葛洪《神仙传·王远》："麻姑自说云：'接待以来，已见东海三为桑田。'"

信是明妍天下甲：赞马少波剧作之优秀。信，的确、实在。明妍，鲜艳秀美。甲，第一。汪曾祺认为，马少波的剧本："能把政治性和抒情性很好地结合起来，即使是满台恸哭，也还是风流蕴藉。"（见《退役老兵不"退役"》）

西厢双至咏西厢：赞马少波根据元《西厢记》所改编的昆曲剧本《西厢记》。西厢，《西厢记》之简称，全名《崔莺莺待月西厢记》。传为元·王实甫作，后据此改编戏曲本甚多。此句汪先生似集抄有误，马少波原诗题为《访普济寺遗址即兴》，此句应为"双至西厢咏西厢"。

贺安格尔七十九岁生日

安寓堪安寓（他家的门上钉了一块铜牌，刻字两行，上面一行是 Engle，下面是中文的"安寓"），秋来万树红，此间何人住？天地一诗翁。此翁真健者，鹤发面如童。才思犹俊逸，步态不龙钟。心闲如静水，无事亦匆匆。弯腰拾山果，投食食浣熊，大笑时拍案，小饮自从容，何物同君寿？南山顶上松。

诗写于 1987 年 10 月，发表于《汪曾祺全集》卷八《美国家书·九》。诗题为编者所加。

安格尔（1908—1991），美国当代诗人。爱荷华国际写作计划的创始人之一，爱荷华大学院创作坊的倡导者，对促进和拓展国际文学交流、中美文学交流有相当大的贡献。1987 年 10 月，汪曾祺应安格尔、聂华苓夫妇之邀，曾于美国参加"国际写作计划活动"，历时长达三个月。汪曾祺和他们夫妇俩成了好朋友，安格尔其人给汪曾祺留下了极其深刻和非常美好的印象，汪老曾在《美国家书》等文章中多次提到他们。说安格尔是一个好诗人，"是个非常有趣的祖父"。1991 年初安格尔因病而去世，汪曾祺充满感情地写了一篇长文——《遥寄爱荷华——怀念聂华苓和保罗·安格尔》以寄托哀思。

有学者认为："他（指安格尔）数十年孜孜不倦写作家服务——发掘、提拔、哺育无以计数的作家（美国当今的文坛名人，至少有一半是他发掘的）。"（见李欧梵《世纪末的反思·安格尔的

家园——怀念一位逝去的巨人》，浙江人民出版社 2000 年版）

李欧梵认为保罗·安格尔："对于中国人和中国文学的了解和关切，却远远超过任何的中国作家对于他的美国乡土传统和西方现代文艺的兴趣。"

保罗·安格尔对中国的感情是深厚的，他不仅娶了一位中国人做妻子，而且还写了不少关于中国的优美诗篇，其中有一首诗的题目就是《想到我会死在中国》，诚挚、美妙的诗句洋溢着对中国的热爱。

贺路翎重写小说

劫灰深处拨寒灰，谁信人间二度梅。
拨尽寒灰翻不说，枝头窈窕迎春晖。

诗题为编者所加。诗写于1987年1月24日，发表于1987年2月24日《人民日报》《贺路翎重写小说》一文中，收入《汪曾祺全集》卷四。

路翎（1923—1994），现代著名文学家。原名徐嗣兴，笔名有冰菱、流烽、未明等，生于江苏南京。1938年在胡风主持的《七月》上发表短篇小说《"要塞"退出以后》，时方十六岁；1944年发表中篇小说《饥饿的郭素娥》，1945年发表长篇小说《财主底儿女们》，在当时有较大的影响。1950年以后有小说《洼地上的"战役"》《初雪》、剧本《迎着明天》、散文集《板门店前线散记》等。1955年因所谓胡风集团错案被捕入狱，平反后于1981年发表长篇小说《群峰巅端的雕像》（《战争，为了和平》第一部）。

劫灰：佛教译词，谓劫火之灰，喻大灾难后之残迹。晋·干宝《搜神记》卷十三："汉武帝凿昆明池，极深，悉是灰墨，无复土。举朝不解，以问东方朔，朔曰：'臣愚，不足以知之，可试问西域胡人。'帝以朔不知，难以移问。至后汉明帝时，西域道人来洛阳。时有忆东方朔言者，用试以武帝时灰墨问之。道人云：'经云：天地大劫将尽则劫烧。此劫烧之余也。'"

寒灰：喻失势。寒灰，即死灰。《史记·韩长孺列传》："韩安国坐法抵罪。蒙狱吏田甲辱安国,安国曰:'死灰独不复然乎?'"南朝宋·鲍照《赠故人马子乔》其二:"寒灰灭更然,夕华晨更鲜。"宋·黄庭坚《次韵师厚答马著作屡赠诗》:"寒灰几见溺,铩翮常思奋。"

二度梅:梅二次开花。喻路翎重新写作。

翻:越过。

窈窕:美好貌。《诗·周南·关雎》:"窈窕淑女,君子好逑。"

早在 20 世纪 40 年代,就有人指出:"在中国文坛上,目前有两个最可注意的年轻作家,路翎与汪曾祺。"(见唐湜《九叶诗人:"中国新诗"的中兴》)路翎是现代文学史上天才作家之一,一部《财主底儿女们》曾轰动了四十年代的文坛,并唤醒和警觉了不少青年人。然而,他的命运却很惨。在《贺路翎重写小说》这篇文章中,汪曾祺老辣地对他的遭遇只有这样几句话:"他挨了整,很久没有听到他的消息,我以为他大概已经不在人世。有人告诉我:路翎还活着,住在- ·个不为人知的小屋里,一声不响地枯坐着。他很少说话,甚至连笑也不会了。"80 年代中期见到当时路翎的朱健先生说,路翎曾是一位"面如满月,目如朗星"的青年,但那时路翎已是"-·位反应迟钝,目光呆滞,双眼下陷,须发苍然的老人"矣。路翎平反后,以至运笔都非常艰难,文句不通,词不达意。对于他能又写小说,而且越写越好,汪曾祺从心底为他高兴——"我真是比在公园里忽然看到一个得了半身不遂的老朋友居然丢了手杖在茂草繁花之间步履轻捷、满面春风地散着步还要高兴。"这样长的句式,如此堆锦砌玉之措辞,在汪曾祺的文章中是不多见的,汪曾祺真的是太高兴了,太高兴了!

贺政道校友六十寿辰
兼宇称不守恒定律发现三十年

三十年前三十岁，回头定不负滇池。
学成牛爱陈新意，梦绕巴黔忆故枝。
先墓犹存香雪海，儿孙解读宋唐诗。
即今宇内承平日，正待先生借箸时。

　　见《汪曾祺全集》第八卷。落款为：西南联大校友会贺，汪曾祺缀句并书，一九八六年十月。

　　汪曾祺还另又特地作画贺李政道六十寿辰，画为春兰秋菊，画上题句云："春兰兮秋菊，长无绝兮终古。"（楚·屈原《离骚》句）落款为：西南联大校友会汪曾祺作画。（见《汪曾祺书画集》）

　　李政道：1926 年出生于上海。著名理论物理学家，曾就学于西南联大。1957 年，因与杨振宁共同发现宇称不守恒定律而获诺贝尔物理学奖。此后又多次获得国际科学研究最高奖项。著有《粒子物理和场论引论》《对称、不对称的粒子世界》等重要科学论著。滇池，位于云南昆明西山脚下，又名昆明湖、昆阳池，古称滇南泽。面积 297 平方公里，山环水绕，景致佳绝，有云南高原明珠之誉，是云南的著名风景区。此处喻西南联大。

　　牛爱：牛顿与爱因斯坦。牛顿（1642—1727），英国物理学家。曾发现万有引力定律，创制了反射望远镜，为物理学的发展做出了重大贡献。爱因斯坦（1879—1955），德国物理学家。因发现光电效应定律，于 1921 年获诺贝尔物理学奖，他建立的相对论的理论和方法在科学和哲学上都有重要的历史意义。

巴黔：四川、贵州的简称。

陈：陈述。此处说李政道在物理学理论上的创新。

先墓：祖先的坟墓。

香雪海：位于江苏苏州光福镇之邓尉山，是江南著名的赏梅景区。清乾隆皇帝曾六次驾临访梅，有"邓尉梅花甲天下"之誉。

儿孙解读宋唐诗：指李政道重视对后代进行中国传统文化的教育。李政道曾将儿子送中国复旦大学就读。

承平：喻国家、社会长期和平安定。

借箸：代人谋划，语出《汉书·张良传》："郦生未行，良从外来谒汉王，汉王方食，曰：'客有为我计挠楚权者。'具以郦生计告良，……良曰：'请借前箸以筹之。'"李政道已入美国籍，故曰借箸。李政道多次回中国讲学，并受聘为清华大学、中国科技大学等高校的名誉教授和中国科学院高能物理研究所学术委员会委员，为当代中国物理学的发展和培养物理学精英做出了积极的贡献。

这首诗并没有口号式地赞扬李政道的爱国情怀，而是从不同的侧面烘托出他对故旧、祖国的眷恋和回报。这不仅符合校友的身份，也给字句间融入了人情味。其七、八两句，既寄托了西南联大校友会对李政道的殷切期望，也表达了汪曾祺与校友对国家进步发展的乐观前瞻。

这首诗的起结颇讲究，尤其是起句很有特点。三十年前三十岁，回头定不负滇池，这十四个字的开头突兀陡健，夺人耳目，一下子就点出了李政道六十岁，曾是西联大学生和是一位学有成就、不忘故国的校友。两个"三十"的重复，也给读者留下了丰富的想象空间。而"定不负"三字生动，这首诗的首句说"前"（三十年前三十岁），结句落脚在"今"（即今宇内承平时），先后呼应、首尾相联，此亦诗之妙处也。

贺《芒种》四十周年

芒种好名字，辛勤艺百谷。

佳作时时见，陵树风籁籁。

好雨亦知时，欣逢年不惑。

尊酒细谈文，相期六月六。

载 1997 年第 1 期《芒种》，见《汪曾祺全集》卷八。《芒种》，沈阳市文联主办的文学杂志，创办于 1957 年 1 月。

芒种：农历二十四节气之一，《月令七十二候集解》："五月节，谓有芒之种谷可稼种矣。"

艺：种植。

百谷：泛指各类粮食作物，百，喻其多，此处系指各种文学作品。

一、二两句是说《芒种》工作辛劳。

陵：高出。喻《芒种》为同类杂志中之佼佼者。

三、四两句是说《芒种》成果突出。

籁籁：此处疑有笔误，因不押韵。或为簌簌。

好雨亦知时：化自唐·杜甫《春夜喜雨》："好雨知时节，当春乃发生。"陆游有《芒种过后经旬无日不雨》："芒种初过雨及时，……野水无声自入池。……闲身自喜浑无事，夜复熏笼独诵诗。""好雨"，喻新时期的文艺政策。

不惑：喻四十岁，《论语·为政》："三十而立，四十而不惑。"

五、六两句是说《芒种》幸遇天时。

尊：古代酒具。

六月六：每年芒种，为公历六月六日前后。

相期：互相约定的时间。

七、八两句是说《芒种》影响之大。

书贺《作家》创刊三十年

清影姗姗小叶杨，繁花簇簇紫丁香。
卅年风雨春犹在，待看长春春更长。

长春昔日路边皆植小叶杨树，丁香花甚多，今犹如
此否？

一九八六年七月，北京

诗载《汪曾祺全集》第八卷。《作家》，长春作家协会所办
之文学杂志。

姗姗：姿态优美状。《汪曾祺全集》误为"珊珊"。

为江苏省戏剧学校题词

小荷才露尖尖角，待看繁华满绿洲。

1994 年 6 月，汪曾祺应邀到江苏省戏剧学校讲学，学校负责人请他题词，他便写了这两句，时值上海戏剧学校建校 40 周年，遂又代为撰词。《汪曾祺全集》均未载。

小荷才露尖尖角：宋·杨万里《小池》句，原诗为："泉眼无声惜细流，树阴照水爱晴柔。小荷才露尖尖角，早有蜻蜓立上头。"喻戏剧学校学生虽尚在校学习，但已看出苗头，初展风采。

待看繁华满绿洲：繁华，繁花，喻花茂盛。喻将会看到戏校培养出大批优秀人才，誉满中华。

为上海戏剧学校建校 40 周年题词

檀板四十犹不惑，桃李三万岂嫌多。

　　檀板：打击乐器，主要用于歌唱时按节拍，有的剧种还用于辅助指挥其他乐器。不惑：四十周年之代称。语出《论语·为政》："四十而不惑。"

　　桃李：比喻所选拔、荐举的人才或所教育的学生、弟子。《资治通鉴·唐记二十三》："（狄）仁杰又尝荐姚元崇、监察御史曲阿桓彦、太州刺史敬晖等数十人，率为名臣。或谓仁杰曰：'天下桃李，悉在公门矣。'"

　　三万：喻其多。

感　怀

山 居

结庐在人境，性本爱丘山。
隔户闻鸡犬，何似在人间。

诗载《汪曾祺全集》第八卷。

结庐在人境：出自晋·陶渊明《饮酒二十首》第六首之首句。
结庐，寄居。

性本爱丘山：出自晋·陶渊明《归园田居五首》第一首之第
二句。丘山，泛指山水、大自然。

何似在人间：出自宋·苏轼《水调歌头·明月几时有》中句。

《山居》诗关键在结句，明明是"人境"，却言"何似在人间"。
我以为这是诗人对安适和谐"人境"的依恋，对"人间"缺乏"人
境"的抗议，是对"丘山""鸡犬"的生态的异化、消逝的感叹。
这并非我揣度的微言大义，而是有所据的，且举一、二例吧。汪
曾祺在《香港的鸟》中这样写道：

"在隔海的大屿山，晨起，听见斑鸠叫。艾芜同志正在散步，
驻足而听，说：'斑鸠。'意态悠远，似乎有所感触，又似乎没有。

"宿大屿山，夜间听见蟋蟀叫。

"……我在香港听到了斑鸠和蟋蟀，觉得很亲切。"

在《野鸭子是候鸟吗？——美国家书》一文中，汪曾祺充满
感情地说：

"爱荷华河里常年有不少野鸭子，游来游去，自在得很。……

到冬天，爱荷华大学的学生用棉花给它们在大树下絮了窝，它们就舒服地躲在里面。

　　"在美国，汽车压死一只野鸭子是要罚钱的。高速公路上有一只野鸭子，汽车就得停下来，等它不慌不忙地横穿过去。

　　"美国动物不知道怕人。我在爱荷华大学校园里看见一只野兔悠闲地穿过花圃，旁若无人。它不时要停下来，四周看看。它是在看风景，不是看有没有'敌情'。"

　　借用他自己的一句话，汪公此诗，亦"意态悠远"也，至于"似乎有所感触，又似乎没有"，这就仁者见仁、智者见智了！

松，钟

四百年前钟，六百年前松。

手抚白皮松，来听古铜钟。

钟声犹似昔，松老不中空。

人生天地间，当似钟与松。

荣名以为宝，勉力肤寸功。

解得其中意，物我皆不穷。

诗载《汪曾祺全集》第八卷，创作时间不详。

肤寸：古代长度单位，一指为寸，四寸为肤。喻其极为短小。

物我皆不穷：语出宋·苏轼《赤壁赋》："自其不变者而观之，则物与我皆无尽也。"

物：环境，物质。

不穷：无穷、没有尽头，没有完结。

此诗通俗直白，其主旨是"人生天地间，当似钟与松"。钟者，要有自己的声音，要把自己的声音传下去，这是汪曾祺一贯坚持的主张。松者，为人要正直，要得经起风霜，《沙家浜》中那段"要学那泰山顶上一青松"的唱词，可作为品读此诗的旁注。

偶　感

大有大的难，群公忌投鼠。

国事竟蜩螗，民声如沸煮。

岂有万全策，难书一笔虎。

只好向后看，差幸绔余五。

非我羡闲适，寸心何可主。

华发已盈颠，几番经猛雨。

尚欲陈残愿，君其恕愚鲁。

创作要自由，政治要民主。

庶几读书人，免遭三遍苦。

亦欲效余力，晨昏积寸楮。

滋味究如何？麻婆烧豆腐。

写于 1996 年 11 月，载 1997 年第 1 期《时代文学》，收入《汪曾祺全集》卷八。

大有大的难：化自《红楼梦》中王熙凤的话。

投鼠：喻有所顾忌。汉·贾谊《治安策》："里谚曰：'欲投鼠而忌器。'此善喻也。鼠近于器，尚惮不投，恐伤其器，况于贵臣之近主乎？"

蜩螗：蝉。语出《诗·大雅·荡》："如蜩如螗，如沸如羹。"形容嘈杂喧闹，扰乱不宁。一笔虎：写虎字以一笔连贯而成。此处喻事情顺利。汪曾祺曾自书一虎字中堂，并于虎字旁题云：我一生不作一笔虎，不得已而为之。

差：颇、稍微。

寸心：内心。

绔：裤子，此处泛指衣服，喻生活必需品。

华发：白发。

盈颠：满头。

猛雨：喻左的政治运动。

庶几：差不多，也许可以。

寸楮：本意为书信，此处喻稿纸、作品。

麻婆烧豆腐：又名麻辣豆腐，四川名菜。有麻、辣、酥、香、鲜、烫、嫩等特色。传为清同治间成都一陈姓妇女所创，因其脸上有点麻子，故人称麻婆豆腐。

《偶感》是一首充满感情的诗、直抒胸臆的诗、一首悲愤的诗、一首深刻的痛苦与热忱的希望交积在一起的诗。说是偶感，其实是一度时期深思熟虑的坦陈和郁结情绪之宣泄。汪曾祺在论文牧的散文诗的一篇文章中说：愤怒出诗人。我们需要苹果梨，也需要辣椒。因为世界并不总是那么美好。且举一事为例吧：1996 年秋，当他听说南方某位以左爷自居的老作家上书自请当中国作协主席时，他愤然说：如果他当了主席，我就退出中国作协，并到天安门广场自焚以抗议！（见何镇邦《中国一位纯粹的文人——汪曾祺先生周年祭》，载《笔墨春秋》，群众出版社 1998 年版）汪老此诗写于临辞世之前的半年，如此向社会，向文坛公开他的政治见解，非同一般，在某种程度上可视为汪老诗的遗言，读之令人顿生悲壮苍凉之感。从"大有大的难"到"民声如沸煮"，表达了汪曾祺对国家大事、民族前途的关注和对某些现象的不满和与担忧。"岂有""难书"两句，则又从全局通盘上着眼，表示了对目前状况的理解和体谅，"只好向后看"，则是一句很沉痛的话，无可奈何耳。至于读到"寸心何可主""几番经猛雨""免遭三遍苦"数话，我仿佛听到了汪老的沉重的叹息，看到了汪老紧锁的双眉。"滋味究如何？麻婆烧豆腐。"这是两句并不平常的话。在写了长长的二十句五言后，汪老却以这十个字作结，人们当然可以理解为是指对他作品评论而言，就像食客品尝豆腐滋味一样来评论他的作品。然而，似乎并不尽然。是不是还有其他的意思呢？是否有言外之义，不尽之意呢？我想，大概是有的，应该是有的，这就是各人的解读、联想和领悟了。

我为什么写作

我事写作，原因无他：从小到大，数学不佳。
考入大学，成天"泡茶"①。读中文系，看书很杂。
偶写诗文，幸蒙刊发。百无一用，乃成作家。
弄笔半纪②，今已华发。成就甚少，无可矜夸。
有何思想？实近儒家。人道其里，抒情其华。
有何风格？兼容并纳。不今不古，文俗则雅。
与人无争，性颇通达。如此而已，实在吭啥。

①我在西南联大时，每天坐茶馆，当时叫作"泡茶馆"。我看的杂书，多半是在茶馆里看的。我这个作家，实是在茶馆里"泡"出来的。

②我二十岁开始发表作品，到现在差不多有半个世纪了。

诗写于1989年3月7日，载1989年4月11日《新民晚报》，收入《汪曾祺全集》第八卷。标有注释者，均为汪曾祺原注。下同。

这首诗既无僻典炫词，也不拐弯抹角，很好懂，几乎无需什么解释，浅显而幽默地回答了"我为什么写作"这个问题。这不禁使人想起他在一篇文章中引的一副对子："为有才华翻蕴藉，每于朴素见风流。"（《博雅》）读了这首诗，我就有这样的感觉。

咏文两首

通俗难能在脱俗，佳奇第一是文章。
十年辛苦风吹雨，听取渔樵话短长。

文章或有山林意，余事焉能作画师。
宿墨残笔遣兴耳，更无闲空买胭脂。

诗载《汪曾祺全集》第八卷，写作时间未标出。如果联系他写的《两昆仑是一昆仑》《索溪峪自索溪峪》这两首诗来分析，应该也是写于1988年上半年，而且从汪老在1978年于《人民文学》发表《骑兵列传》，到1988年也正好是十年；是耶、非耶？且附此待考吧。诗的第二首第三句"遣兴"，全集误为"遗兴"，应正之。

咏文的第一首，汪老有几层意思：

一、通俗与俗不是一个意思，不是等同的。

二、通俗文学要脱俗，而脱俗是不容易的。

三、通俗文学要追求、讲究"佳奇"，实际上，只要脱俗了，也就"佳奇"了。

四、要尊重、考虑别人的评论。"听取"，一是听、二是取。而不是排斥、不是反对。

汪曾祺对俗文学的见解是很有道理的。他并不觉得通俗有什么不好，低人一等。也是在1988年，他在《认识到的和没有认识到的自己》一文中"自称是一个通俗抒情诗人"，可见他对通俗的肯定和认可。

咏文的第二首，是他对自己的文章余事的"自白"。

文章或有山林意：山林，旧时常有人比喻隐居。我以为此处乃喻闲适，平淡的生活，诗意地生活。汪曾祺说过："我认为作家的责任是给读者以喜悦，让读者感觉到活着是美的，有诗意的，生活是可欣赏的。"（《使这个世界更诗化》）或有，或许有。

余事焉能作画师：汪曾祺善绘事，写小说、散文之余常常以画遣兴，但从不以画家自居，他说，"我的画作为一个作家的画，还看得过去，要跻身画家行列，是会令画师齿冷的。"余事，主业以外的事，不是主要的事。

宿墨残笔：解释见前。

胭脂：喻作画用的颜色。

更无闲空：反衬画画是文章余事。

他在《自得其乐》一文中云："我的画，遣兴而已，只能自己玩玩，送人是不够格的。最近请人刻一闲章，'只可自怡悦'，用以押角，是实在话。"当然，遣兴也是有所寄托的。他在《题画二则》中云："画之品位高低决定画中是否有诗，有多少诗。画某物即某物，即少内涵，无意境，无感慨，无嬉笑怒骂，苦辣酸甜。有些画家，功力非不深厚，但恨少诗意。他们的画一般都不题诗，只是记年月。徐悲鸿即为不善题画而深深遗憾。"他还说："重拈画笔，是运动促成的。运动中没完没了地写交代，实在是烦人，于是买了一刀元书纸，于写交代之空隙，瞎抹一气，少抒郁闷，这样就一发而不可收，重新拾起旧营生。"（《自得其乐》）他还说："我始终认为，用笔墨、颜色来抒写胸怀，更为直接，也更快乐。"比如：他曾画过一只长嘴大眼鸟，一脚蜷缩，白眼向天，画上题了八了字：八大山人无此霸悍。还画过一个和尚，皱着眉、紧闭嘴，题为：狗矢！不用多说，作画之际的汪曾祺，心中自有郁闷也。不过汪曾祺的笔下，画得更多的是生活的诗意和生活的喜悦。1993年，汪老画了一幅《荷塘月色》；画面上只有密密麻麻的荷叶，并没有出现月亮，但那些摇曳的荷叶又让人真切地感到月亮的存在，表现出一种和谐的美学境界。临去世不到半月，他还画过一幅喜迎香港回归的梅花图，表达了他的热忱爱国之心和欢欣鼓舞之情。

汪老的女儿汪朝在《汪曾祺与书画》一文中回忆说："随着父亲在文学界名声大起来，他的'画名'也渐渐传扬。一些朋友开始向他索画，父亲认真地为人作画，丝毫不亚于写作，尤其是要根据人的特征，在画上题字作诗，真是要花费一番工夫。但他乐此不疲。父亲写了字，画完画，尽兴了，就丢在一边不管了。毕竟这不是他的主业，他要写作、买菜，给我们做饭，还要背着母亲喝点酒。"有的时候颜色用光了，他居然还会用菠菜汁代替绿色，以牙膏充当白色。他的好友邓友梅结婚。他送了一幅梅花图以贺。图中夹着一张纸条，纸条上写道："你结婚大喜我没送礼，送别的难免俗，乱涂一画权作贺礼。画虽不好，用料却奇特。你猜猜这梅花是用什么颜料画的……"邓友梅夫妻猜了两月也不知究底，问了汪曾祺，才知道那白色颜料是"牙膏"。

读史杂咏

　　鼙鼓声声动汉园，书生掷笔赴烽烟。
　　何期何逊竟垂老，留得人间画梦篇。

　　孤旅斜阳西直门，禅心寂寂似童心。
　　人间消失莫须有，谁识清诗满竹林。

　　窗子外边窗子外，兰花烟味亦关情。
　　沙龙病卧犹高咏，鼓瑟湘灵曲未终。

　　岂惯京华十丈尘，寒星不察楚人心。
　　一刀切断长河水，却向残红认绣针。

　　蛱蝶何能拣树栖，千秋谁恕钱谦益。
　　赵州和尚一杯茶，不是人人都吃得。

　　载一九九二年第三期《文学自由谈》，收入《汪曾祺全集》
第八卷。

　　由于不知道《读史杂咏》的撰写时间和汪老所读之史为何种
史籍，故此组诗中之真实本意及其题外之义颇难窥测寻求。其诗
中提到了某个人和事的，尚可觅得些许蛛丝马迹、琢磨出二三来
龙去脉；而无迹可寻的，则只好先从字面上作一些解释，然后再

力求有所领悟。文中的歧义、误读大概是难免的了。

第一首诗似乎是咏何其芳。何其芳是现代文学史上比较有影响和代表性的诗人，有《预言》《脚步》《梦歌》等著名诗篇，解放后，曾任中国社会科学院文学研究所所长。诗的一、二两句似指何其芳赴延安和到山西、河北等地抗日战争前线之事。

鼙鼓：古代军队中所用的鼓，大多用于传达军令、鼓舞士气。诗人常以鼙鼓声喻战事。

汉园：双关语，可喻中华河山，亦可指《汉园集》，该书是何其芳和李广田、卞之琳三人的诗集。书生掷笔赴烽烟，原指汉·班超弃文从军、建功报国事。《后汉书·班超传》："班超……为人有大志，不修细节。……久劳苦，尝辍业投笔叹曰：'大丈夫无它志略，犹当效傅介子、张骞立功异域，以取封侯，安能久事笔研间乎？'"

何期：想不到。

何逊（？—约158），南朝诗人，其诗深为当时沈约，后世杜甫诸人所称赏。

第三、四两句，是借姜夔"何逊而今渐老，都忘却，春风词笔"句，叹惜何其芳晚年无法自由写作，只留下了《我梦见》的诗篇。也有可能是指何其芳的散文集《画梦集》。

第二首诗似乎是咏老舍。老舍曾在西直门上过学，并自杀于太平湖，太平湖毗邻西直门地区。孤旅斜阳西直门，象征着一种悲怆和苍凉的境况，使人联想起元人马致远的名句："古道西风瘦马。夕阳西下，断肠人在天涯。"西直门：北京之地名。莫须有：也许有。《宋史·岳飞传》："……韩世忠不平，诣桧诘其实。桧曰：'飞之子云与张宪虽不明，其事体莫须有。'世忠曰：'莫须有三字何以服天下？'"后遂以此代指捏造罪名。

第三首诗难解。窗子外边窗子外，兰花烟味亦关情，显系有所指，但苦思多时，不知其所以然。沙龙：法语之音译，意为客厅、会客室。十七世纪起，西欧贵族、资产阶级流行于客厅举行社交集会，谈论文艺或政治问题，后渐渐传至中国。

沙龙病卧犹高咏，鼓瑟湘灵曲未终：象征某种左的思潮在文坛仍有影响，仍有反映。沙龙，隐喻某文学团体。鼓瑟湘灵，《楚辞·远游》："使湘灵鼓瑟兮，令海若舞冯夷。"湘灵，指舜妃，溺于湘水，为湘夫人。此诗应和某些文坛现象或文坛的某人某事有关。

第四首诗似咏沈从文。

京华：指京城，当时的北京。

十丈尘：喻世俗之气十分浓厚和嚣张。

寒星不察楚人心：化自鲁迅"寄意寒星荃不察"句。楚人，喻沈从文。

长河：喻文学创作，沈从文有小说，名曰《长河》。一刀切断长河水，象征沈从文被迫远离了文坛。

却向残红认绣针：隐喻沈从文改为做历史文物的工作。汪曾祺在《沈从文转业之谜》中说："他的一生分成了两截。一九八九年以前，他是作家，……一九九九年以后，他变成了一个文物研究专家，……"沈从文著有《中国丝绸图案》《中国古代服饰史》等书，对中国古代丝绸、服饰的研究有很深的感情和很高的造诣。汪曾祺在《星斗其文，赤子其人》中记一事云："马王堆那副不到一两重的纱衣，他不知说了多少次。刺绣用的金钱原是盲人用的一把刀，全凭手感，就金箔上切割出来的。他说起时非常感动。"残红，落花。喻历史文物。

第五首似指周作人。

蛱蝶何能拣树栖，千秋谁恕钱谦益：钱谦益（1582—1664），江苏常熟人，明末清初时著名文人。明崇祯、弘光时曾官礼部侍郎、礼部尚书。清军南下时降清，有《初学集》《有学集》《投笔集》等。《初学集》卷三中有他的《蛱蝶词四首》，其第三首为："小院回廊日渐西，双双戏影共蔓迷。春风自爱闲花草，蛱蝶何曾拣树栖。"后人据此断言钱早有降清之意。我认为不可如此牵强附会，此固然可视为是钱谦益之为人和他的道德观的一种反映，但毕竟不可能是预先为他后降清所作辩护词。钱谦益此诗实际上是对苏轼词的一种修正。苏轼词云："缺月挂疏桐，漏断人初静。谁见幽人独往来，缥缈孤鸿影。惊起却回头，有恨无人省，拣尽寒枝不肯栖，寂寞沙洲冷。"正如清人刘熙载所言："昔人词咏古咏物，隐然只是咏怀，盖其中有我在也。"（《艺概·词曲概》）此词借咏孤鸿，道出了词人"一肚皮不合时宜"之处境心境，并以孤鸿自喻，表达了不附权贵、不易操守之心，故黄庭坚盛誉此词："语意高妙，似非吃烟火食人语，非胸中有万卷书，笔下无一点尘俗气，孰能至此！"（《豫章黄先生文集》卷二十六《跋东坡乐府》）比照苏轼之"拣尽寒枝不肯栖"与钱谦益之"蛱蝶何曾拣树栖"，两者的品位格调之高下不难辨别。值得注意的是，汪曾祺的诗句与钱谦益的诗句虽只有一字之异，但却含义迥别，大相径庭！尽管都是表示疑问之词，然而，"何曾"是主动的，"蛱蝶何曾拣树栖"，蛱蝶为什么要选择树栖息呢？蛱蝶哪里有过选择树而栖处的呢？而"何能"是被动的，"蛱蝶何能拣树栖"，蛱蝶岂能选择树栖息呢？蛱蝶哪里能选择树栖息呢？"何曾"与"何能"之分是显而易见的。一个"何能"，流露出汪曾祺对钱谦益和周作人的某种叹惜与同情，也委婉地包含着自己某一阶段曾经的无奈与苦衷。

　　赵州和尚一杯茶，不是人人都吃得：赵州和尚，指唐代著名禅僧从谂（778—897），从谂曾于赵州（今河北赵县）观音院阐扬禅风，玄言法语风行天下，信众弟子甚多。"世尊为赵州古佛"。

有《真际大师语录》三卷传世。赵州茶，为禅宗著名公案，《五
灯会元》卷四：赵州从谂禅师："师问新到：'曾到此间么？'
曰：'曾到。'师曰：'吃茶去。'又问僧，僧曰：'不曾到。'
师曰：'吃茶去。'后院主问曰：'为甚么曾到也云吃茶去，不
曾到也云吃茶去？'师召院主，主应诺，师曰：'吃茶去。'"
吃茶本来是和尚的日常事为，此中亦可参禅悟道，即所谓平常是
道。不是人人都吃得，不仅是说，这杯茶不好喝；更是说，各人
喝了不一样。人与人不一样。我以为，两句似有他意。汪曾祺是
在借赵州和尚说周作人，周作人五十岁曾作一首打油诗，诗题原
为《二十三年一月十三日偶作牛山体》，后林语堂将诗发表于《人
间世》，加了一个《知堂五十自寿诗》的题目，因诗中有"且到
寒斋吃苦茶"句，被时人称为"苦茶诗"，一时钱玄同、林语堂、
蔡元培、刘半农、胡适等均有唱和。其时正国难当头，此举引起
进步青年之反感，遂在报刊上予以一阵炮轰。周作人后来曾在《知
堂回想录》中谈及此事，他说："'五十自寿诗'在《人间世》
上发表之后，便招来许多的批评攻击。林语堂赶紧写文章辩护，
说什么寄沉痛于悠闲，这其实是没有什么可辩护的，本是打油诗，
乃是不登大雅之类的东西，挨骂正是当然。批评最为适当的，乃
是鲁迅的两封信……"鲁迅认为，周作人之自寿诗，有"讽世之
意"，而别人未必了解他的心境耳。奥·帕斯说过："在诗篇中，
思想和感情是融为一体的。思想体现在诗句、一个比喻、一个形
象之中。"我想从诗中的某些句子、比喻和形象之中探寻汪曾祺
诗的所表达的本义、所寄托的思想和感情，这也算是一个尝试吧。
倘若能有一点点助于读者品读这组诗的地方，我就感到很满意了，
惭愧、惭愧！

读《水浒传》诗

街前紫石净无瑕，血染芳魂怨落花。
丽质天生难自弃，岂堪闭户弄琵琶。

——潘金莲

六月初三下大雪，王婆卖得一杯茶。
平生第一修行事，不许高墙碍落花。

——王婆

凤凰踏碎玉玲珑，发髻穿心一点红。
乞得赦书真浪子，吹箫直出五云中。

——燕青

枉教人称豹子头，忍随俗吏打军州。
当年风雪山神庙，弹泪频磨丈八矛。

——林冲

桃脸佳人一丈青，如何屈杀嫁王英。
宋江有意催春色，异代千年怨不平。

——扈三娘

寿张县里静无哗，游戏何妨乔作衙。

非是是非凭我断，到来不吃一杯茶。

——李逵

五台山上剃光头，一点胡髭也不留。

放火杀人难揣数，忽闻潮信即归休。

——鲁智深

此一组诗载《汪曾祺全集》第八卷，诗共七首，是抄录给范用的，信如下：

范用同志：

近读《水浒》一过，随手写了一些诗，录奉一笑。这样写下去，可写几百首。

曾祺顿首，六月二十八日

看来，这一组诗乃汪老一时兴至所作，并无深意也。在《〈水浒〉人物的绰号》一文中，汪老对《水浒传》对燕青的描写大为欣赏，见《汪曾祺全集》第五卷。

呈范用

忽忆童年春节，兼欲与友人述近况，权当拜年。

醒来惊觉纸窗明，雪后精神特地清。
瓦缶一枝天竹果，瓷瓶百沸去年冰。
似曾相识迎宾客，无可奈何罢酒盅。
咬得春盘心里美，题诗作画不称翁。

右呈范用兄　汪曾祺顿首
一九八九年三十日

原载范用《泥土、脚印》一书之《曾祺诗笺》一文（凤凰出版社 2003 年版），《汪曾祺全集》未载。第三、四句原文"枝"为"枚"，误。此处应为平声，一枚，义亦不通。"冰"原文为"水"，错，此处当押韵，应为"冰"。

瓦缶：盛酒之瓦器。

瓷瓶百沸去年冰：五代·王仁裕《开元天宝遗事》云："逸人王休，居太白山下，日与僧道异人往还。每至冬时，取溪冰敲其精莹者建茗。共宾客饮之。"

"似曾""无可"两句乃是从"无可奈何花落去，似曾相识燕归来"点化而出，虽然词语部分相似，但结构已有所变化，内容更完不同，所创造的意境亦已焕然一新了。

春盘：古代习俗，立春之日以蔬果、糖果等置于盘中，互相赠馈。元·陈元靓《岁时广记》卷八引《皇期岁时杂记》云："立春前一日，大内出春盘并酒，以赐近臣。盘中生菜，染萝卜为之装饰，置食中。烹豚、白熟饼、大环饼，比人家散子其大十倍。民间亦以春盘相馈。"

这一联特有精神，饶有别趣。出了名了，慕名来访者日盛，认识的，不认识的，似曾相识的都来了，不管怎么说，"来的都是客"都得"迎"，一个"迎"字，表达了主人喜悦的心态和对来客的尊重。其"无可奈何罢酒盅"则尤为传神，汪曾祺有"酒仙"之称，春节本应畅饮而不能沾唇，这个中滋味和感慨，其遗憾和沮丧岂是言语可表述的，那"无可奈何"四字可真谓是恰到好处矣。

汪曾祺在《冬天》回忆儿时冬天的情况中写道："早起一睁眼，窗户纸上亮晃晃的，下雪了！雪天，到后园去折腊梅花、天竺果，明黄色的腊梅，鲜红的天竺果，白雪，生意盎然。腊梅开得很长，天竺果尤为耐久，插在瓶胆里，可经半个月。"此文写于 1988 年 12 月 22 日。诗的一至四句写的可能就是"忽忆童年春节"之况也。而诗的五至八句，写的则就是"近况"了。似曾相识迎宾客，无可奈何罢酒盅，化自宋·晏殊之名句："无可奈何花落去，似曾相识燕归来。"（《浣溪沙》）这一联是写自己的"近况"已呈老态，在《却老》里，汪先生写了一些"细节"："老态之一，是记性不好。初见生人，经人介绍，很热情地握手，转脸就忘了此人叫什么。有的朋友见过不止一次，一起开会交谈，却怎么也想不起怎么称呼。有时接到电话，订了约会，自以为记住了，但却忘得一干二净。"至于"无可奈何罢酒盅"之"近况"，他自己写的不多，倒是汪曾祺的朋友们说过一些。弘征有一次去汪曾祺家："刚坐下，他（指汪老）就从桌上取来一瓶葡萄酒，问我（指弘征）要不要？我说：'你知道我是不喝甜酒的。'我发觉他的眼睛眨了一下，有点黯然地给自己斟上一杯，我真后悔不该脱口而出！"（见《杯边秋色·弘征随笔》）酒是汪曾祺的胆，是汪曾祺的灵感所在。叫汪曾祺罢酒盅，那滋味用"无可奈何"来表述倒是恰如其分。他在给黄裳的信中云："我近期发现肝脏欠佳，已基本上不喝白酒，异日相逢，喝点黄酒还可以。"（《汪曾祺全集》卷八《致黄裳（六）》）

春盘：见前注。写这首诗时，汪曾祺先生六十九岁矣，近况虽有"似曾相识迎宾客，无可奈何罢酒盅"之憾，但更有精神清、心里美之乐，其"题诗作画不称翁"之句可见夫子其时童趣犹在、尚不服老也！

辛未新正打油

宜入新春未是春，残笺宿墨隔年人。

屠苏已禁浮三白，生菜犹能簇五辛。

望断梅花无信息，看他桃偶长精神。

老夫亦有闲筹算，吃饭天天吃半斤。

　　此诗载《汪曾祺全集》第八卷，是汪曾祺《致范用（一）》信中写给范用看的，信中有句云："范用兄，近作两首，录奉一笑。"两首，一为此诗，一为下篇之《七十一岁》。此诗汪曾祺于1991年春节，用钢笔在一张打字纸上写赠邵燕祥先生（诗题是用圆珠笔补加上去的）。见邵燕祥《汪曾祺小记》，载《惟知音者倾听》一书中（湖北人民出版社2004年版）。这首诗汪曾祺与《辛未新正打油》一并于1991年某日寄给老友范用，信中说："此二诗亦可与极熟人一看，相视抚掌，不宜扩散，尤不可令新入升官图中的桃偶辈得知。"

　　宿墨：前次未用完的旧墨。

　　屠苏：酒名，古代风俗，正月旦日要按从少至老次第饮此酒。屠苏酒由大黄、蜀椒、桔梗、桂心、防风、白术、虎杖、乌头等八味中药配成，云合家饮之，不病瘟疫。

　　浮三白：喻饮酒，三白，三杯酒。清·张潮《虞初新志·补〈张灵崔莹合传〉》："一日灵独坐读《刘伶传》，命童子进酒，屡读屡叫绝，辄拍案浮一大白。"宋·苏轼《和刘长安题薛周逸老亭，周善饮酒，未七十而致仕》："谁能载美酒，往以大白浮。"汉·刘向《说苑·善说》："魏文侯与大夫饮酒，使公乘不仁为觞政，曰：'饮不釂者，浮以大白。'文侯饮而不尽釂，公乘不仁举白浮君。"浮，指罚人饮酒，罚饮一满杯酒为"浮大白"，釂，干杯。汪老之禁酒，一度时期颇为严格，何镇邦说他："忌酒相当自觉，坚持了近两年。有一次，他的小女儿问他为什么可以自觉禁酒，他坦然答道：想多活几年再写点东西。"（见何镇邦《说不尽的汪曾祺》，载《笔墨春秋》，群众出版社 1998 年版）

簇五辛：簇，聚集。五辛，五种辛味之菜，也称"五菜"，指葱、薤、韭、蒜、兴蕖这五种。南朝·梁·宗懔《荆楚岁时记》："正月一日，是三元之日也，长幼悉正衣冠，以次拜贺，进椒、柏酒，饮桃汤，进屠苏酒、胶牙饧，下五辛盘。"

望断梅花无信息：喻怀念远方亲友。《太平御览》卷九七〇引南朝宋·盛弘之《荆州记》："陆凯与范晔相善，自江南寄梅花一枝，诣长安与晔，并赠花诗曰：'折梅逢驿使，寄与陇头人。江南无所有，聊赠一枝春。'"宋·苏轼《虔州八境图》其三云："故人应在千山外，不寄梅花远信来。"宋·张孝祥《鹧鸪天》："情脉脉，泪姗姗，梅花音信隔关山。"

桃偶：喻傀儡人物，鲁迅《哀范君》有句云："狐狸方去穴，桃偶已登场。"

老夫亦有闲筹算，吃饭天天吃半斤。此两句方显出"打油"的味儿来。然此亦实话也。汪曾祺于 1991 年 5 月 14 日，给老友朱德熙的信中说："我病后精力稍减而食量增加，亦怪。"

豆　腐

　　淮南治丹砂，偶然成豆腐。

　　馨香异兰麝，色白如牛乳。

　　迄来二千年，流传遍州府。

　　南北滋味别，老嫩随点卤。

　　肥鲜宜鱼肉，亦可和菜煮。

　　陈婆重麻辣，蜂窝沸砂盝。

　　食之好颜色，长幼融脏腑。

　　遂令千万民，丰年腹可鼓。

　　多谢种豆人，汗滴其下土。

　　淮南：指淮南王刘安。刘安（前179—前122），汉高祖刘邦之孙，袭父封为淮南王，传为豆腐之发明人。

　　兰麝：喻豆腐之清香。兰，兰花。麝，麝香，指雄性麝香腺中的分泌物，是名贵的香料。

　　点卤：豆腐制作过程中之一关键环节，即以适量之盐卤或石膏点入豆浆，使之凝固成形。

　　陈婆：即陈麻婆，清同治时成都人，善烹制豆腐，色香味俱佳，因其麻辣酥嫩香，亦谓脸上有麻子，人遂称其为麻婆豆腐。汪先生认为，陈麻婆是个值得纪念的人物，中国烹饪史上应为她大书一笔！

　　盝：烹饪的陶器，古代亦有金属制品，明·郎瑛《七修类稿·国事类·刘朱贷财》："金银汤螣五百。"

　　这首诗不长，但短短的十八句五言，就把豆腐的源流、特质、功用，凝练而生动地描写出来了，尤其是结尾两句，更表达了对劳动的尊重，对劳动人民的尊重。这和他的作品反映出来的人民性和人情味是一以贯之的，是自然而然地流露出来的。汪曾祺对豆腐（豆腐菜系）可谓是情有独钟，他认为：豆腐是很好吃的东西，"关于豆腐的事情，可以编一部大书"。他不仅写过诗，并且多次在小说和散文中写到豆腐。如小说《落魄》《异秉》中的回卤豆腐干，《大淖记事》中的臭豆腐，《金冬心》中的界首茶干拌荠菜、鲫鱼脑烩豆腐，《卖眼镜的宝应人》中的豆腐脑，《小学同学》中的豆腐皮、《辜家豆腐店的女儿》中的豆腐……汪曾祺写豆腐的散文《豆腐》《干丝》等，是文学界、烹饪界众所称誉的美食美文。纸上笔下，洋溢着温馨的亲情和乡恋；字里行间，闪烁着隽永的美感和诗思。读了使人们比吃豆腐多了一层审美上的愉悦，多了三分情感上的萦回！

两昆仑是一昆仑

北岳谈文到南岳，巴人也可唱阳春。
渔父屈原相视笑，两昆仑是一昆仑。

诗题摘自汪曾祺诗中末句。诗作于 1988 年 8 月 26 日，发表于 1988 年第一、二期《桃花源》之《索溪峪》一文中，收入《汪曾祺全集》卷四。汪曾祺说，这首诗是在这样情况下写的："五月二十六日，北岳文学讨论会在常德召开，我应邀参加。让我发言。我不是搞通俗文学的，但觉得通俗文学不可轻视，比起雅文学（或称严肃文学）并不低人一等，雅俗之间并无绝对界限，有一天也许会合流，于是即席诌了四句歪诗：（略）。"

北岳：恒山的古称，在山西省北部，中国名山之一。

南岳：衡山的古称，在湖南省衡山县西，中国名山之一。汪曾祺于《索溪峪》文中注云，"南岳"的"南"字应为仄声，为求意顺，宁可破格。

巴人：古代楚国之民间歌曲名。《文选》宋玉《对楚王问》："客有歌于郢中者，其始曰《下里》《巴人》，国中属而和者数千人。……其为《阳春》《白雪》，国中属而和者数十人。"此处喻通俗文学。

阳春：古代楚国歌曲名，此处喻雅文学。

渔夫：屈原诗作《楚辞》中之篇名。为屈原与一渔夫的问答之辞。有学者认为，渔夫之辞亦屈原之辞耳。

屈原：战国时楚国诗人。楚怀王时为三闾大夫，顷襄王时被放逐，后投入汨罗江而亡。有《离骚》《九章》《天问》《九歌》等诗作传世。

昆仑：山名。在新疆、西藏、青海境内。

诗无深文奥义，其实就是用诗的语言、诗的形式强调了他的观点：雅俗之间并无绝对界限。汪曾祺用山（北岳、南岳）、曲（巴人、阳春）、人（渔父、屈原）这三组平列形象的层递，生动地阐述了俗文学与雅文学的关系。而以"相视笑"这样一个亲和的情景为"两昆仑是一昆仑"结句作铺垫，使全诗读来别有意趣。应该说，"这四句歪诗"，"不丑"耳！

年年岁岁一床书

年年岁岁一床书，弄笔晴窗且自娱。
更有一般堪笑处，六平方米作郇厨。

诗原载《文章余事》，写于 1993 年 8 月 13 日，发表于 1993年第 6 期《今日生活》，收入《汪曾祺全集》第六卷（全集误将余字印为杂字）。诗题摘自此诗首句。

年年岁岁一床书：喻常年与书为伴。句出自唐·卢照邻《长安古意》，诗云："寂寂寥寥扬子居，年年岁岁一床书。独有南山桂花发，飞来飞去袭人裾。"一床，一架。

弄笔：指写文章、写字、画画。

郇厨：厨房的美称。唐·冯贽《云仙杂记》卷三《郇公厨》云："韦陟厨中，饮食之香错杂，人入其中，多饱饫而归。语曰：'人欲不饭筋骨舒，夤缘须入郇公厨。'韦陟，唐玄宗时人，袭封郇国公。"

正如汪曾祺《文章余事》之副题所言，这首诗谈了三个事：写字、画画、做饭。这三件事都是汪先生喜欢的事、常常做的事，也是做到相当有水平，达到一定境界的事。这短短二十八字流露出这位被称为中国最后一位士大夫文人执笔掌勺俱得意、为人为文两陶然的生活情趣和书生本色。汪曾祺的文与画在文坛是出了名的，在他的诗中也写到了不少。然而涉及到他"郇厨"技艺的诗，我们所能见到的大概就只有这一首。因此，关于汪老的文与画，就不赘述了，只说一点他与"郇厨"相关的话。汪曾祺有美食家之誉，他的本领不仅仅是会做菜，会品菜；更为出色的是他会创造菜，会写一手关于美食的美文。他谈他"最大的乐趣还是看家人或别人吃得很高兴，盘盘见底"，而之所以人人"吃得很高兴，盘盘见底"，自然是缘于汪老菜做得好。聂华苓（美国作家）有一次在汪老家吃干丝，最后连汤汁都端起来喝了；陈怡真（台湾作家）吃了他烧的干贝小萝卜，赞不绝口……。而他发明的"塞肉回锅油条"——"油条切成寸半长的小段，用手指将内层掏出空隙，塞入肉茸、葱花、榨菜末，下油锅重炸"，"较之春卷尤有风味，""嚼之真可声动十里人"，现已在作家圈子流传开了。关于汪先生的"郇厨"，卫建民先生有一段传神的描述，他说："我曾几次看到，他系着围裙在厨房里从容择菜运刀，脸上总是带着笑容，像在享受厨下之乐。鲜红的西红柿、碧绿的豆芽、青色的苦瓜，在他眼里都是色彩。他拿起菜刀，就像乐队指挥伸起指挥棒、画家捏着画笔；他每天都把吃提升到审美的层次。"（《悼念汪老》，见 1997 年 5 月 31 日《文汇读书周报》）至于他的美食美文，正如丁帆教授所云："从中我们品尝到了江南的文化氛围，品尝到了那清新的野趣，品尝到了诗画一般的人文景观，品尝到人类对美的执著追求中的欢愉。"（见丁帆《五味集·序》，台湾幼狮文化事业公司出版 1996 年版）而舒乙先生则赞叹汪曾祺的"食文学"是"食文化"的范文，篇篇都洋溢着标志中华文化博大精深的那种处处有学问，处处有讲究，处处有掌故的帅劲儿（见舒乙《大爱无边·一个可爱的大作家——汪曾祺》，漓江出版社 2004 年版）。这是不无道理的。

　　我想，只要是他仔细品读过汪曾祺美食小品的人，大概都会有此同感的吧。至于评论家季红真认为：此诗"其中的无奈与自嘲。也正是一种人生的况味，也可以称为生活禅"。这自然也不失为是另一种解读罢。

书画自娱

我有一好处，平生不整人。
写作颇勤快，人间送小温。
或时有佳兴，伸纸画芳春。
草花随目见，鱼鸟略似真。
唯求俗可耐，宁计故为新。
只可自怡悦，不堪持赠君。
君若亦欢喜，携归尽一樽。

诗题为编者所加。诗写于 1992 年 1 月 8 日，发表于 1992 年 2 月 1 日《新民晚报》《书画自娱》一文中，收入《汪曾祺全集》卷八。《草花集》（成都出版社 1993 年版）自序亦是这首诗，但第六句为"伸纸画暮春"，非"伸纸画芳春"。第七、八两句删去。

此诗缘于《中国作家》的约稿。汪先生应约画了一幅水仙，并题了一首诗，此诗即《书画自娱》，诗句略有小异：

一、第六句"伸纸画芳春"为"伸纸画青春"。

二、第十一、十二句："只可自怡悦，不堪持赠君"为"只可自愉悦，不可持赠君"。

三、第十三句"君若亦欢喜"为"君其真喜欢"。

正如汪曾祺所言，"诗很浅显，不须注释"，但这首"很浅显"的诗，其含义却不浅显。在《书画自娱》一文中，汪曾祺对此诗有一番注释，文不长，且摘抄如下：

　　"诗很浅显，不须注释，但可申说两句。给人间送一点小小的温暖，这大概可以说是我的写作的态度。我的画画，更是遣兴而已。我很欣赏宋人诗：'四时佳兴与人同。'人活着，就得有点兴致。""偶尔喝了两杯酒，一时兴起，便裁出一张宣纸，随意画两笔。所画多是'芳春'——对生活的喜悦。我是画花鸟的。画的花都是平常的花，北京人把这样的花叫'草花'。""我没有画过素描，也没有临摹过多少徐青藤、陈白阳，只是'以意为之'。我很欣赏齐白石的话：'太似则媚俗，不似则欺世。'""我画的不大像，不是有意求其'不似'，实因功夫不到，不能似耳。但我还是希望能'似'的。""我的画画，自娱而已。'只可自怡悦，不堪持赠君'，是照搬了陶弘景的原句。"

　　汪曾祺《〈草花集〉自序》中说，"草花"需要作一点解释。"草花"就是"草花"，不是"花草"的误写。北京人把不值钱的，容易种的花叫"草花"，如"死不了"、野茉莉、瓜叶菊、二月蓝、西番莲、金丝荷叶……"草花"是和牡丹、芍药、月季这些名贵的花相对而言的。草花也大都是草本。种这种花的都是寻常百姓家，不是高门大户。种花的盆也不讲究。有的种在盆里，有的竟是一个裂了缝的旧砂锅，甚至是旧木箱、破抽屉，能盛一点土就得。辛苦了一天，找个阴凉地方，端一个马扎或是折脚的藤椅，沏一壶茶，坐一坐，看着这些草花，闻闻带有青草气的草花的淡淡的香味，也是一种乐趣。

　　"只可自怡悦，不堪持赠君"。这是陶弘景诗《诏问山中何所有》中的名句，原诗只四句：

　　　　山中何所有？岭上多白云。
　　　　只可自怡悦，不堪持赠君。

　　汪曾祺对这首诗很赞赏，他认为"一个人一辈子留下这四句诗，也就可以不朽了"。汪曾祺还把陶弘景的诗句请人刻两方印字，一方为"岭上多白云"，一方曰"只可自愉悦"，汪曾祺喜欢在自己的书画作品上，钤上这两方闲章。

　　曾为《北京日报》"生活"副刊的编辑孙郁先生回忆说，1997 年 3 月，汪曾祺偶然从《北京日报》"生活"副刊上看到一篇车军写的《爱是一束花》的文章，写的是一位得了乳腺癌的姑娘和她们的仨姐妹的感人之情。文章很朴素，汪老看的眼睛都湿了，汪老不仅很快地写了《花溅泪》这篇散文，并约请了作家林斤澜、邵燕祥看《爱是一束花》和写评论。他们三位文坛宿将都不知道车军是什么人，但都是充满感情地写了文章，还约请车军在《北京日报》编辑部见了面，汪老还特地为车军带去了自己特意为她作的画和新出的书。这是汪先生践行"人间送小温"的一则小例也！

　　画和诗在《中国作家》发表后，作家何镇邦求汪老将此诗写成一横幅给他。第二天，汪曾祺又画了一幅水仙并题写了这首诗送给何镇邦。何先生说："我之所以喜欢这幅画和这首诗，是因为他们是汪老人格的写照，水仙象征汪老人格的高洁；一首无题诗更是写尽了汪老的人生哲理和待友之道。尤其'人间送小温'一句，正好道出了汪老写作的宗旨和他的作品的社会价值。"（见何镇邦《人间送小温》，群众出版社 1998 年版）

断　句

坐对一丛花，眸子炯如虎。

诗句载《随遇而安》，发表于 1991 年第 2 期《收获》，收入《汪曾祺全集》第五卷。这两句诗写于 1959 年在沽源马铃薯研究站期间，是一首叙述他在研究所生活长诗中的断句，全诗较长，当时汪曾祺曾将全诗寄给朱德熙，但后来他就只记得这两句了。

这两句诗几乎是写实。花，马铃薯花也。眸子，眼睛。炯，形容非常有光彩。汪曾祺在《沽源》《沙岭子》和《随遇而安》等文章中都谈到过当时的情况。现将《沙岭子》中相关这两句诗的部分摘抄如下："我画过一套颇有学术价值的画册：《中国马铃薯图谱》。沽源有个马铃薯研究站，集中了全国各地各种品种的马铃薯。研究站归沙岭子农科所领导。领导研究，要出版一套图谱，绘图的任务交给了我。在马铃薯花盛开的时候，我坐上二饼子牛车到沽源研究站。每天中足蹚着露水到地里掐一把花，几枝叶子，拿回办公室，插在玻璃怀里，照着画。我的工作实是舒服透顶，不开会，不学习，没人管，自由自在，也没有指标定额，画多少算多少。画起来是不费事的。马铃薯的花大小只有颜色的区别，花形都一样；叶片也都差不多，有的尖一点，有的圆一点。花和叶子画完，画薯块，一个整个的马铃薯，一个剖面。画完一种薯块，我就把它放进牛粪火里烤熟了，吃掉。这里的马铃薯不下七八十种，每种我都尝过。中国吃过那么多种马铃薯的人，大概不多。天冷了，马铃薯块还没画完，有一部分是运到沙岭子画的。还是那样的舒服。一个人一间屋子，升一个炉子，画一块，在炉子上烤烤，吃掉。"

　　汪曾祺的那一首长诗，汪曾祺早已记不得了，我们无法窥得全貌。但是，我们有理由推断：那一首长诗决非颓唐之作，而是一首洋溢着对生活之爱的乐章。汪老始终记住的这十个字，就是因为这两句真实反映了当时情景，大概也是全诗精华所在。同时，也证实了汪曾祺对生活的一个观点和一贯主张——"在任何逆境之中也不能丧失对于生活带有抒情意味的情趣，不能丧失对于生活的爱"（《两栖杂述》）。

千秋一净

千秋一净裘盛戎，遗像宛然沐清风。

虎啸龙吟余事耳，难能最是得从容。

诗题系编者所加。诗写于 1995 年 9 月 2 日，发表于 1995 年第 6 期《新剧本》《难得最是得从容——〈裘盛戎影集〉前言》一文中，收入《汪曾祺全集》卷六。

千秋：喻年代之久远。

净：传统戏曲之脚色行当，俗称花脸、花面，所演的人物一般为性格、品质或相貌上有特异之处的男性人物。如张飞、曹操、李逵、严嵩等。

裘盛戎（1915—1971），北京人，著名京剧艺术家，长期供职于北京京剧团，曾为北京京剧团副团长。其京剧花脸行当在唱腔、唱法和表演上均有新的创造，尤以"包公戏"著称，时有"裘派"之誉。

宛然：仿佛。

虎啸龙吟：对裘盛戎唱腔艺术的赞誉。

余事：末事，次要的事。

汪曾祺和裘盛戎有很深厚的感情。他不仅为《裘盛戎影集》写了前言，还写过《名优之死——纪念裘盛戎》（1981 年）、《裘盛戎二三事》（1993 年）等专文怀念和赞扬他。汪曾祺认为："裘盛戎把花脸艺术推到了一个新的阶段。以前的花脸大都以气大声宏、粗犷霸悍取胜，盛戎开始演唱得很讲究，很细，很有韵味，很美。""裘盛戎真是京剧界的一代才人！"汪曾祺还于1985年创作了剧本《裘盛戎》（发表于《新剧本》第三期）。《裘盛戎》是汪曾祺倾注了心血所写的剧本，是他写得最好的本子，也是他最为满意的本子。汪曾祺与裘盛戎曾一同生活过，一起工作过，相互了解，彼此知心。裘在"文革"中的苦难，裘在湘赣老根据地深入生活时的欢乐与痛苦，尤其是因不让他演戏而憋闷而死的遭遇，都在剧本中有淋漓尽致的反映。

自　寿

六十岁生日即事

冻云欲湿上元灯，漠漠春阴柳未青。
行过玉渊潭上路，去年残叶太分明。

此诗载《七十书怀》，见《汪曾祺全集》第四卷。诗写于1980年，
这是汪先生发表的第一首自寿诗。诗题系编者所加。墨迹第四句
中"潭上路"作"潭畔路"。

汪曾祺于《七十书怀》一文中，对这首诗作过一些"解释"：

> 这不是"自寿"，也没有"书怀"，"即事"而已。
> 六十岁生日那天一早，我按惯例到所居近处的玉渊潭蹓
> 了一个弯，所写是即日所见。
> 六十岁是整寿，但我觉得无所谓。诗的后两句似乎
> 有些感慨，因为这时"文化大革命"过去不久，容易触
> 景生情，但是究竟有什么感慨，也说不清，那天是阴天，
> 好像要下雪，天气其实是很舒服的，诗的前两句隐隐约
> 约有一点喜悦，总之，并不衰飒，更没有过一年少一年
> 这样的颓唐的心情。

汪夫子说的是实话。玉渊潭离汪曾祺的家不远，住在甘家口
的十六、七年里，玉渊潭蹓弯成了汪曾祺和他孩子生活中不可缺
少的内容。汪曾祺喜欢那里的平静，喜欢和在那里的人聊天；于

是，蹓鸟的人们、挖野菜的老干部，养蜂的老夫少妻……也就一个个走进了他的文字，"那些文字中没有尘世的浮躁，那么恬淡，那么幽静，正如玉渊潭的湖水一样"。1978 年后，经过一阵子折腾，所谓汪曾祺与"江青反革命集团"的关系问题的审查不了了之，汪曾祺的境遇自然有所好转，在林斤澜、邓友梅等朋友们的一再催促下，汪曾祺又重新提笔写作了，一口气写下了近万字的《读民歌杂记》和一万五千余字的《论〈四进士〉》；尤其是在党的十一届三中全会后的两年里，汪曾祺连续发表了《骑兵列传》《黄油烙饼》《异秉》《受戒》等小说，引起了文坛的轰动，汪曾祺内心的喜悦是不言而喻的。

汪曾祺很满意这首诗，用汪明的话说是："爸对这首诗很偏爱"，偏爱到什么程度呢？"多年后，心情好的时候，还会挥动毛笔，很得意地抄上一遍。写完了，把毛笔随意一丢，长长地嘘一口气，眯起双眼，自得其乐的欣赏墨汁未干的字迹。"汪老偏爱这首诗，自然是有缘由的，一是感情上的"得意"，抒发了冬去春来之喜悦；二是艺术上的"得意"，诗写得很蕴藉，很有味儿，"欲湿"而未湿，"未青"却欲青，形象地描绘了冬春交替之际的景致，"漠漠"二字写出了玉渊潭之空濛寥廓，尤其是结尾七字，有"话尽而意不尽，意尽而情不尽"之趣，汪老何能不自得其乐乎？

汪曾祺曾把这首诗书赠予李国涛。李国涛，江苏徐州人，作家，长期从事文学杂志和学术刊物的编辑工作，也写小说和评论。曾为汪曾祺的《矮纸集》作跋，写过关于汪曾祺小说的评论文章。李国涛趁参加北京汪曾祺作品研讨会之机，请汪曾祺写个扇面，那天晚餐后，汪曾祺与林斤澜正在房里就酒聊天。"汪老就把杯盘往旁边推一推，推出放扇面的地方，提笔就写了这首诗，落款题为'国涛兄清拂，汪曾祺录旧作'"（见李国涛《世味如茶》，山西人民出版社 2000 版）。汪曾祺若书写自己的诗送人，都是他自认为比较满意的诗，否则，即是要写也是写别人的成句。由此亦可证汪明所言老头子之"自得其乐"也！

一九八三年除夕子时戏作

六十三年辞我去，随风飘逝入苍霏。

此夜欣逢双甲子，何曾惆怅一丁儿。

秋花不似春花落，黄鸟时兼白鸟飞。

敢与诸君争席地，从今泻酒戒深怀。

此诗《汪曾祺全集》未载。见弘征《我与汪曾祺的诗缘》（1998年12月18日《解放日报》）。何孔敬《长相忆——朱德熙其人》（中华书局，2007年版）亦载此诗。1984年元旦，汪先生作了一幅墨菊，画上题的也是这首诗，惟有一句有异，即第二句为"飘然消逝入苍微"。

双甲子：两个六十周年，所指不详。

何曾惆怅一丁儿：六十岁以后汪曾祺多次谈到了老。60岁时，他认为自己"没有过一年少一年这样的颓唐的心情"。1983年他于《〈晚饭花集〉自序》中说："我已经六十三岁；不免有'晚了'之感。"1986年在《〈晚翠文谈〉自序》中云："我并没有多少迟暮之思。"后来的《七十书怀》《祈难老》等文，也或多或少地对"老"谈了一些感受和看法。对"老"，汪曾祺确实无惆怅之感，只是遗憾诸如去日苦多、写长篇小说力不从心而已！

秋花不似春花落：出自宋·苏轼句。据宋·吴可《藏海诗话》载："荆公诗云：'黄昏风雨打园林，残菊飘零满地金。撼得一枝还好在，可怜公子惜花心。'东坡云：'秋花不似春花落，寄语诗人仔细看。'荆公云：'东坡不曾读《离骚》，《离骚》有云：'朝饮木兰之坠露，夕餐秋菊之落英。'"亦有说是出自宋·欧阳修句，见宋·蔡絛《西清诗话》。

黄鸟时兼白鸟飞：出自唐·杜甫《曲江对酒》。汪曾祺把这两个本来毫不相干的句子组合在一起，赋予了新的含义和新的意境，花鸟的色感，飞落的动感，交相辉映，生机盎然。既不伤春，也不悲秋，黄鸟也飞，白鸟也飞，那里有点点惆怅的影子呢？还需要特别指出的是，这两句"集句"，信手拈来，浑成和谐，从中看出汪老古典诗词功力之深和读书之广、记忆力之强也！

敢：岂敢，不敢。

争席地：喻斗酒、拼高低。

泻酒：形容喝酒之痛快豪爽。

深杯：满杯。

末尾两句以酒作结，呼应了诗题之"戏"字，同时也体现了当时诗人悠哉恬然之心境。他在抄致此诗给朱德熙、弘征的信上都明白地表达了诗的主题："我老境尚不颓唐也。"（《致朱德熙》）"除夜子时，作了一首打油诗，录奉一笑，知我老境尚不颓唐也！"（《致弘征》）

六十七岁生日自寿

尚有三年方七十，看花犹喜眼双明。
劳生且读闲居赋，少小曾谙陋室铭。
弄笔偶成书四卷，浪游数得路千程。
至今仍作儿时梦，自在飞腾遍体轻。

见《汪曾祺书画集》，落款为六十七岁生日，曾祺自寿。其时当为 1987 年农历正月十五日也。《汪曾祺全集》未载。

劳生：劳碌辛苦的生活，亦可谓辛劳的一生。

闲居赋：晋·潘岳作，为人们所称誉的辞赋名篇，赋的主要内容为写闲居的天伦之乐和自然之美。但由于潘岳性本趋权冒势，闲居乃暂且为之，故此赋虽传诵一时，但不免为后之所讥，如金·元好问即有诗讽之："心画心声总失真，文章宁复见为人。高情千古《闲居赋》，争信安仁拜路尘！"

谙：熟悉。

陋室铭：唐·刘禹锡之名篇，以"斯是陋室，惟吾德馨"作结，歌颂了不羡奢华，追求德业的旨趣和品格。陋室，狭小的屋子。陋室铭句似有潜台词，是一种无可奈何的自嘲。在《老头儿汪曾祺——我们眼中的父亲》中，汪老的儿女们有一段相当精彩的描述：

有两个字让爸在四十几年的时间里一直都理不直、

气不壮，那就是房子，50年代爸做了右派以后，他单位的房子被收了。我们随妈妈住过一间小门房，挤得几乎没有富余的地方可立足。几经折腾，搬到甘家口，也是拥挤不堪。我的朋友说：到汪明家，如果有人喊你，千万注意慢慢回头，不然的话，动作大了，肯定会碰翻一大堆什么东西。爸在这样的环境里，常常是脑子里有了文章，没有地方下笔，像只老母鸡似的转来转去地找窝下蛋。他偶尔抱怨我们挪窝不及时，浪费了他的灵感，妈都要大力回击："老头儿，你可是'寄居蟹'呀！住了我的房子，还要怨东怨西。有本事去弄一套大房子，大家都舒服！"爸最怕妈说这个，一提"房子"保证百分之百地瘪掉。

后来又搬到了蒲黄榆。松快了没多少日子，因为家里添人进口，很快又变得挤挤巴巴。爸"占据"了一间六七平方米大的阴面房间，做了卧室兼书房。他自得其乐："嘿，真不赖！老头儿我总算有自己的房间了！"孙女们长大了一点，经常搬着她们的"家当"进犯过来，在爸的床上、桌上到处摆战场，弄得老头儿坐卧不宁。

那时似乎有点一阵风似的解决知识分子的住房困难，不断地听说爸的朋友和熟人分了大房子。有的海外文人来拜访老头儿，说看到"国家"级的作家住在这样寒碜的环境里，"几乎要落下泪来"。妈妈到处奔走打问，怎样才能分到与老头儿的级别待遇相称的房子。好歹从"上面"打听到口风：可以考虑解决汪曾祺的住房，但必须由他本人写一个申请报告。

一听说要写报告，爸的眼睛也不亮了，脸也灰了。他用不超脱的语气很超脱地说："算了吧，我看咱们家挺好的，就这么住着吧。"全家人，包括孙女们都反对老头的退缩，妈气得直说："汪曾祺！你这个男人简直没用！"

一家人凑在一起聊天，爸总是最兴致勃勃的一位，但只要有人一提"房子"，老头儿就像被火燎了屁股似的，"噌"地站起来，急急地溜回他的蜗居里。我们拿话激他：国内外知名的大作家，写这么个东西，不在话下！万般无奈，他只好说：写就写。

……

报告递上去以后，也听到过几回一惊一乍的消息，但一直没有一个明确的下文。爸生怕我们再逼他写"狗屁报告"，一个劲儿地打退堂鼓："咱们家的狗窝挺好，为什么非要搬家呢？"

尽管后来汪曾祺搬进了新居，但是——那不是他的房子，那是他儿子汪朗让给他住的房子！说句使人觉得刻薄一点的话，四十多年来，汪曾祺始终是居于陋室也！当然，应当强调的是：自嘲也罢，幽默也罢，汪曾祺并不讲究住什么房子，他讲究的是创作，是创作的自由，创作的主旨！

弄笔：泛指创作，写文章。

书四卷：泛指汪老已出版的书。也可理解为是：1949年文化生活出版社之《邂逅集》、1963年中国少年儿童出版社之《羊舍的夜晚》、1982年北京出版社的《汪曾祺短篇小说选》，1985年人民文学出版社的《晚饭花集》。"偶成"二字颇有意趣，值得玩味。

浪游：喻游历，汪曾祺去过的地方很多，他承认："这些地方的山水人情也曾流入我的思想。"（汪曾祺《自序·我的世界》

不少作品中留有这些地方的印记。

千程：喻走过的路很多，到过的地方很多。

儿时梦：或是双关语。汪曾祺永远忘不了自己的童年，忘不了故乡的亲人、故乡的风土人情，并把儿时的梦不断地溶进自己的作品。

结尾二句，在某种程度上，是形容他于近年创作上的心态和感受。汪曾祺说："《异秉》《受戒》《大淖记事》等几篇东西就是在摆脱长期的捆绑的情况下写出来的，从这几篇小说里可以感觉出我的鸢飞鱼跃似的快乐。"（《认识到的和没有认识的自己》）真的，从这首诗里，我们确实可以从中真切地感觉出他那种鸢飞鱼跃似的快乐！

元 宵

一事胜人堪自笑，年年生日上元灯。
春回地暖融新雪，老去文思忆旧情。
欲动人心无小补，不图海外博虚名。
清时独坐饶滋味，幽草河边渐渐生。

诗载1987年2月8日《光明日报》，收入《汪曾祺全集》第八卷。

元宵，中国传统节日，时当农历正月十五，源于道教。道教奉天官、地官、水官三神。天官为上元，赐福，正月十五生。每逢此日，人们即焚香燃烛，以示虔诚。至东汉明帝刘庄，又增挂灯之风俗，刘庄奉佛，规定于此日之夜晚在宫廷、寺院"燃灯表佛"，故上元节又叫灯节。自汉以来，张灯、赏灯、玩灯渐成为上元节的主要内容，并从宫廷、寺院扩展到全民。这一天是汪曾祺的生日，这首诗亦可视之为自寿诗。

一事胜人堪自笑，年年生日上元灯。此两句很直白，是说元宵过生日的人很少，这个事儿比别人强，真是值得快活。

春回地暖融新雪，老去文思忆旧情。这两句是写当时的情景。回对去，新对旧，工稳而贴切。

欲动人心无小补，不图海外博虚名。"作品要有益于世道人心"，这是汪曾祺一再强调和践行的创作目的。无小补，既是自谦之辞，也是对当时某些不正之风、不良倾向的深深担忧。"不图"一句也是有所指的，那时博虚名者大有人在，且不少是从海外先吹捧起来的。

　　清时独坐饶滋味，幽草河边渐渐生。饶，丰富。汪曾祺喜欢独坐。独坐即静坐，在1989年的一篇散文里，汪曾祺自己说："大概有十多年了，我养成了静坐的习惯。我家有一对旧沙发，有几十年了。我每天早上泡一杯茶，点一支烟，坐在沙发里，坐一个多小时，虽是悠然独坐，然而浮想联翩，一些故人往事、一些声音、一些颜色、一些语言、一些细事，会逐渐在我的眼前清晰起来，生动起来。这样连续坐几个早晨，想得成熟了，就能落笔写出一点东西。"（《无事此静坐》）他认为"静，是一种气质，也是一种修养"。1993年，他于《独坐小品》自序中又一次重复了相同的意思，并把那几年写的散文集子定名为《独坐小品》。幽草河边渐渐生，暗示自己的作品就是这样在独坐中渐渐孕育，渐渐滋生的。汪曾祺的旧体诗很讲究结句，大多数诗的末尾两句别有意趣，这两句亦是。

七十书怀出律不改

悠悠七十犹耽酒，唯觉登山步履迟。
书画萧萧余宿墨，文章淡淡忆儿时。
也写书评也作序，不开风气不为师。
假我十年闲粥饭，未知留得几囊诗。

诗写于 1990 年 2 月 24 日，发表于 1990 年第 5 期《现代作家》中《七十书怀》一文中。收入《汪曾祺全集》卷四。

在《七十书怀》中，汪老有目的地对这首诗作了详实的"注释"。所以，用汪老的文章以证本人的诗应最为适宜，最为准确。七十书怀律不改：汪老说："'出律'指诗的第五六两句失粘，并因此影响最后两句平仄也颠倒了。我写的律诗往往有这种情况，五六两句失粘。为什么不改？因为这是我要说的主要两句话，特别是第六句，所书之怀，也仅此耳。改了，原意即不妥帖。"

失粘：指旧体律诗、绝句在平仄上不合规则。

悠悠七十犹耽酒这句，汪老只字未加叙述，也许人们早就熟知他之"耽酒"，故他认为无须赘述吧。耽，喜好，沉溺。对"唯觉登山步履迟"，他写道："去年年底，还上了一趟武夷山。武夷山是低山，但总是山。我一度心肌缺氧，一般不登山。这次到了武夷山绝顶仙游，没有感到心脏有负担。……当然，上山比年轻人要慢一些。"

至于"书画萧萧余宿墨，文章淡淡忆儿时"，他在文章中说：

"我的写字画画本是遣兴自娱而已，偶尔送一两件给熟朋友。后来求字求画者渐多。大概求索者以为这是作家的字画，不同于书家、画家之作，悬之室中，别有情趣耳，其实，都是不足观的。我写字画画，不暇研墨，只用墨汁。写完画完，也不洗砚盘色碟，连笔也不涮。下次再写、再画，加一点墨汁。……用宿墨，只是懒，并非追求一种风格。"汪老在文章中对"文章淡淡忆儿时"似乎是拓展来谈的，是对当时有人评他作品之"淡"所作的回应。他说："我是被有些人划入淡化一类了的。我所不懂的是：淡化，是本来浓的，不淡的，或应该是不淡的，硬把它化得淡了。我的作品确实是比较淡的，但它本来就是那样，并没有经过一个'化'的过程。"他坚定地表示："我就是这样，谁也不能下命令叫我照另外一种样子写。"所谓淡，汪曾祺的老友林斤澜说得好，他说："曾祺近年见老，身体不如先前。但文章更加平实、稳当。文气更纯、更净。这就十分难得了，有说更'淡'，我看还是'纯'上更进了步，……"笔者认为此言诚是。舒非论及汪曾祺作品时说其"淡而有味"，这是很"到位"的话。"汪老这种'淡而有味'的小说是很有功力的，倘若没有厚实的基础，深邃的思想和丰富的人生阅历，写出来的，可能味如嚼蜡了。"（舒非《汪曾祺侧写》，载 1988 年 5 月 14 日《文艺报》）评论家王干曾写过关于汪曾祺作品"淡"的专论，那也是精当之论，值的一读，可以使我们明白汪曾祺作品淡的妙处，淡的魅力！（见 1985 年第 12 期《读书——淡的魅力》）

也写书评也作序，汪曾祺认为："人到一定岁数，就有为人写序的义务。我近年写了一些序。去年年底就写了三篇，真成了写序专家。写序也很难，主要是分寸不好掌握，深了不是，浅了不是。……因此，临笔踌躇，煞费脑筋。好像是法郎士说过：'关于莎士比亚，我所说的只是我自己。'写书评、写序，实际上是写写书评、写序的人自己。借题发挥，拿别人来'说事'，当然不太好，但是书评和序里总会流露出本人的观点，本人的文学主张。我不太希望我的观点、主张被了解，愿意和任何人保持一定的距离；但是自设屏障，拒人千里，把自己藏起来，完全不让人了解，似也不必。因此，'也写书评也写序'。"不开风气不为师：汪曾祺说："是从龚定庵的诗里套出来的。龚定庵的原句是：'但开风气不为师。'……近四五年，有人说我是这个那个流派的始作俑者，这很出乎我的意外。我从来没有想到提倡什么，我绝无'来吾导乎先路也'的气魄，我只是'悄没声地'自己写一点东西而已。有一些青年作家受了我的影响，甚至有人有意地学我，这情况我是知道的。我要诚恳地对这些青年作家说：不要这样。第一，不要'学'任何人。第二，不要学我。我希望青年作家在起步的时候写得新一点，怪一点，朦胧一点，荒诞一点，狂妄一点，不要过早地归于平淡。"

假我十年闲粥饭，未知留得几囊诗。假，给予。汪曾祺说："看相的说我能活九十岁，那太长了！不过我没有严重的器质性的病，再对付十年，大概还行。我不愿当什么'离休干部'，活着，就还得做一点事。我希望再出一本散文集，一本短篇小说集，把《聊斋新义》写完，如有可能，把酝酿已久的长篇历史小说《汉武帝》写出来。这样，就差不多了。七十书怀，如此而已。"

七十一岁

七十一岁弹指耳，苍苍来径已模糊。
深居未厌新感觉，老学闲抄旧读书。
百镒难求罪己诏，一钱不值升官图。
元宵节也休空过，尚有风鸡酒一壶。

诗作于1991年，载《汪曾祺全集》第八卷中《致范用（一）》。然检汪曾祺墨迹，首句"七十一岁"为"七十一年"，应为"年"，此处当为平声。全集所据不知何本，可能有误。

弹指：喻时间短暂，佛家谓二十念为一瞬，二十瞬为一弹指。

苍苍来径已模糊：语意双关。"苍苍来径"，化自李白《下终南山过斛斯山人宿置酒》中句，句为"却顾所来径，苍苍横翠微"。汪曾祺在《却顾所来径，苍苍横翠微——小说回顾》中云："我年轻时写小说，除了师承沈从文，常读契诃夫，还看了西方现代派的作品，如阿索林、弗·伍尔芙，受了一些影响。""有评论家说我受了道家思想的影响，有可能，我年轻时很爱读《庄子》。但我觉得我受儒家思想影响更大一些。我所说的'儒家'是曾子式的儒家，一种顺乎自然，超功利的潇洒的人生态度。""来径"可喻他的创作道路，似也可说是他的人生道路。"模糊"是云远去，而非真的模糊耳。

深居：避世独处。汪曾祺于同年5月14日致朱德熙的信中坦言："每有会，皆托病不去，亦少与人谈话，不会招来烦。"

新感觉：指当时文学上的一些新观念、新潮流。1990年12月，他在《〈蒲桥集〉再版后记》中说：最近我看了两位青年作家的散文，很凑巧，两位都是女的。她们的散文，一个是用意识流的方法写的，一个受了日本新感觉派的影响，都是新潮，而且都写得不错。在《一种小说——魏志远小说集〈我以为你不在乎〉序》中，他甚至对一些不接受、不习惯新写法和批评新写法的现象进行了直率的反批评："不要对某些写法比较新的，比方说，现代派的作品，因为不习惯，就产生酒精过敏，甚至滴酒不沾。"

老学闲抄：喻晚岁读杂书，写小品。汪曾祺说："看杂书，也是为了找一点写作的材料。我看的杂书大都是已经看过的，但是再看看，往往有新发现。"1990年，汪曾祺有一篇文章，题目就是《老学闲抄》。1993年，陕西人民出版社出版了汪曾祺的一本随笔集，书名亦为《老学闲抄》。

百镒难求罪己诏：镒，古代重量单位，一镒为二十两或二十四两。

罪己诏：古时帝王自我检讨，表示自责的文书。这是分明一句牢骚话，强烈地表示了对某些"在上者"不良作风的愤慨与不满。汪曾祺于《随遇而安》中坦率而沉重地表白了自己当时的一种心态："要恢复对在上者的信任，甚至轻信，恢复年轻时的天真的热情，恐怕是很难了。"有多少"在上者"承认自己在那方面是错了呢？多乎哉，不多也！汪曾祺称："中国的各种运动，我是一个全过程。"（见《作为抒情诗的散文化小说》）他被打成右派，他被揪出来横遭批斗，他被控制使用，他被审查跟"江青反革命集团"的关系……其过在谁呢？

一钱不值升官图：升官图，汪曾祺在《昆明年俗》一文中对此有介绍。文云："掷升官图几个人玩都可以。正方的皮纸上印回文的道道，两道之间印各种官职。每人持一铜钱。掷骰子，按骰子点数往里移动铜钱，到地后一看，也许升几级为某官，也可能降几级。升官图当是清代的玩意，因为有'笔贴式'这样的满官。至升为军机处大臣，即为赢家，大家出钱为贺。有的官是没有实权的，只是一种荣誉，如'紫禁城骑马'，我是很高兴掷到'紫禁城骑马'的，虽然只是纸上骑马，也觉得很风光。"这样的"官"当然是一钱不值的。但是，此诗之义当是在文字之意之外耳！

　　元宵节也休空过，尚有风鸡酒一壶：在《致范用》信中，汪曾祺向老友"诉苦"道："风鸡（我所自制）及加饭一坛，已提前与二闲汉徽销了，今年生日（正月十五）只好吃奶油蛋糕矣。"可见汪老写此诗时风鸡尚存，然写信给范用时，风鸡与酒均已入肚矣。风鸡：一种春节前后食用的有地方风味食物。做法是将鸡宰杀后不拔毛，于鸡翅下肋骨处开一刀口，将其内脏掏空，再把炒过的盐与花椒塞进去，均匀地揉一揉。然后把鸡头塞入刀口处，用翅膀盖上，再用绳子将鸡捆好，挂于避阳的风口吹。一两个月后，即可处理食用。汪曾祺家乡的高邮人喜食风鸡，因风鸡肉嫩，且花椒的香气都进入鸡肉，确是佐酒待客的佳品也。汪曾祺从小就喜欢吃风鸡，到了北京还是喜欢吃。1992年春节前后，他写了一篇《我的祖父母》，在文章中还提及风鸡，并简要地说了风鸡的制作过程——大公鸡不去毛，揉入粗盐，外包荷叶，悬之于通风处，约二十日即得，久则愈佳。

岁交春

不觉七旬过二矣，何期幸遇岁交春。

鸡豚早办须兼味，生菜偏宜簇五辛。

薄禄何如饼在手，浮名得似酒盈樽，

寻常一饱增惭愧，待看沿河柳色新。

写于 1992 年 1 月 15 日，载《汪曾祺全集》第五卷《岁交春》一文中。

岁交春：大年初一立春。这是很难得一遇的。旧有俗语说：千年难逢龙华会，万年难逢岁交春。并传言这一年是风调雨顺，国泰民安。

何期：想不到。兼：同时进行几件事或具有几样东西。

生菜：《四时宝镜》："立春日春饼生菜，号春盘。"黄生注：生菜，韭也。

薄禄何如饼在手：薄禄，收入很少。禄，旧指官吏的薪俸。清·郑燮《乳母诗》："食禄千万钟，不如饼在手。"饼，指春卷。《北平风俗类征·岁时》："如遇立春，……富家食春饼，备酱熏及炉烧盐腌各肉，并各色炒菜……以面粉烙薄饼卷而食之。"此处泛指食物。

浮名得似酒盈樽：浮名怎么能和痛痛快快地喝酒相比呢。浮名，虚名。

寻常一饱增惭愧：寻常一饱是汪曾祺对饮食的要求。"至于吃食，我并不主张'一箪食一瓢饮'，但是不喜欢豪华宴会，吃一碗烩鲍鱼、黄焖鱼翅，我觉得不如来一盘爆肚，喝二两汾酒。"（《祈难老》）诗人惭愧什么呢？1991年一年，汪老的散文集《蒲桥集》由作家出版社再版；《汪曾祺自选集》易名为《受戒——汪曾祺自选集》由漓江出版社再版；散文《多年父子成兄弟》，获得菲律宾椰风文艺社和《福建文学》编辑部联合举办的全国散文征文评奖二等奖；小说《小芳》在《中国作家》发表（后获1991—1992年度优秀短篇小说奖），完成了长篇传记《释迦牟尼》（后由江苏教育出版社出版）……这些，当然是诗人的成就，也就是所谓"浮名"吧。不过，汪老并不沾沾自喜于"浮名"，他是清醒的，认真的，惭愧并非自谦或作秀。他在《受戒——汪曾祺自选集》后记中郑重地写道："我的作品有读者，我真是一则以喜，一则以惧。我给了读者一些什么？我说过我希望我的作品有益于世道人心，我做到了吗？能够做到吗？"

待看沿河柳色新：待看者，希望看到耳。沿河柳色新，春意盎然也。但，待看，还未看到，能否看到，还须时日，还得且听下回分解。其令人玩味之处，体现了汪老高度的艺术涵养。

乡　情

回乡杂咏

水　乡

少年橐笔走天涯，赢得人称小说家。
怪底篇篇都是水①，只因家住在高沙②。

　　①法国安妮·居里安女士翻译了我的几篇小说，她
发现我的小说里大都有水。②高邮旧亦称高沙。

　　这一组诗12首，从《水乡》至《为高邮市政协礼堂写六尺
宣纸大字》。载《汪曾祺全集》第八卷。
　　橐：袋子。
　　怪底：即怪得，怪道，江淮方言，难怪之义。
　　汪曾祺对水，尤其是对家乡的水情有独钟。他小说中常常有
水，诗中也常常有水，法国首席汉文学批评家安妮·居里安认为
他的《大淖记事》"笔下浸透了水意"。有一次并当面问他，为
什么他的小说里总有水？即使没有写到水，也有水的感觉。汪曾
祺在《我的家乡》一文中说："这个问题我以前没有意识过。是
这样，这是很自然的。我的家乡是一个水乡，我是在水边长大的，
耳目之所接，无非是水。水影响了我的性格，也影响了我的作品
的风格。"1994年，我请汪曾祺先生在《汪曾祺文集》上题词，
他想了一下，题词为"文中半是家乡水"，还是水！

镇国塔偈[1]

海水照壁倾不圮[2]，高邮城西镇国寺。
至今留得方砖塔，塔影河心流不去[3]。

[1]镇国寺塔是方塔，南方少见。塔建于唐代，上半截毁于雷火，明清重修。[2]镇国寺门前旧有照壁，是一整块的紫红砂石，上刻海水。多年向前倾斜，但不倒。后毁。[3]镇国寺塔本在西门内。运河拓宽时为保存此塔，特意留出塔周围的土地，乃成一圆圆的小岛，在河中央。

偈：佛家常用的一种诗体，不讲究平仄格律，一般每首为四句，每句字数相等。

塔影河心流不去，是一个很美的句子，不仅喻景，而且更喻情。塔影在河心流不去；家乡在汪老的心中流不去。梦绕魂萦，是汪老心中的一脉乡情。

宋城残迹

城头吹角一天秋，声落长河送客舟。
留得宋城墙一段[1]，教人想见旧高邮。

[1]高邮城南有旧城墙一段，传是宋城。或有疑义，因为有些城砖是明清形制。近因水灾，危及墙址，乃分段检修，发现印有"高邮军城砖"字样的砖头，笔画清晰。高邮在北宋为高邮军，是则残墙为宋城无疑。高邮军在宋代为交通枢要，宋人诗文屡及。

此诗题原为《宋城墙》，后改为《宋城残迹》，诗题更好，诗中之"一段"，则应"残迹"耳，而"教人想见旧高邮"七字，交织着浓浓的沧桑感和淡淡的惆怅美。角：古乐器名，多用于军队中。唐·李贺《雁门太守行》："角声满天秋色里，塞上燕脂凝夜紫。"清·孔尚任《桃花扇·誓师》："两年吹角列营，每日调马催征。"

文游台①

年年都上文游台，忆昔春游心尚孩②。
台下柳烟经甲子，此翁精力未全衰。

①文游台在泰山（一座土山）上，建于宋，是苏东坡、秦少游、王定国等人文酒觞咏之处。台有楼阁，不类宋制，似后修。敌伪时重修，甚恶俗。近又修。稍存旧制。②我读小学时，每年春游，都上文游台。台之西，本为一片烟柳。凭栏西眺，可见运河帆影，从柳梢轻轻移过。今台西多建工厂、宿舍，眼界不能空阔矣。

甲子：喻六十年。
精力：原诗为"筋力"。见陆建华、刘金鳌主编之《梦故乡——汪曾祺笔下的高邮》（1999年版）。

汪曾祺读小学时每年"春游"都要来此外登台，"趴在两边窗台上看半天"。1993年，他写过一篇散文《文游台》，发表于1993年第五期《散文天地》。正如汪曾祺所说："文游台的出名是因为这是苏东坡、秦少游、王定国、孙莘老聚会的地方，他们在楼上饮酒、赋诗、倾谈、笑傲。实际上文游诸贤之中，最感动高邮人的是秦少游，苏东坡只是在高邮停留一个很短的时期。王定国不是高邮人。孙莘老不知道为什么给人一个很古板的印象，使人不大喜欢。文游台实际上是秦少游的台。秦少游是高邮人的骄傲，高邮人对他有很深的感情……"

盂城驿①

盂城驿建在何年？廨宇遗规尚宛然。
遥想幡旗飘日夜，南船北马何喧喧。

　　①高邮城外高内低，如盂。秦少游有诗云："吾乡如覆盂。"
　　盂城驿在高邮城南。据云，这是全国尚存的最完整的驿站之一。我去看过，是相当大的一片房子，有驿丞住的地方、投驿吏卒的宿舍、喂马的地方、关犯人的监狱……一应俱全。从建筑看似为明建清修。我以为这是高邮真正最具历史文物价值的景点之一。但以高邮一县之力，目前很难复其旧观。

廨宇：旧称官吏办事之处所。
遗规：剩下的规模样式。一说初稿为"遗址"，见朱延庆《三立集·塔影河心流不去——汪曾祺故乡行》。
宛然：仿佛、逼真。
幡旗：一说初稿为"旌旗"，见朱延庆《三立集·塔影河心流不去——汪曾祺故乡行》。

高邮王氏纪念馆①

皓首穷经眼欲枯，自甘寂寞探龙珠。
清芬谁继王家学，此福高邮世所无。

①高邮王念孙、引之父子为乾嘉大儒，精训诂小学，解经不循旧说，多新义。其家在高邮称为"独旗杆王家"。纪念馆乃因其旧第少加修葺，朴素无华，存王家风貌，可钦喜也。

皓首穷经：喻到老都在读书、做学问。皓首，白头。皓，白色。穷经，钻研典籍。穷，追究到底。

自甘寂寞：一说初稿为"身甘寂寞"。见朱延庆《三立集·塔影河心流不去——汪曾祺故乡行》。

龙珠：喻极其珍贵之物、非常难成之事，《庄子·列御寇》："河上有家贫恃纬萧而食者，其子没于渊，得千金之珠。其父谓其子曰：'取石来锻之！夫千金之珠，必在九重之渊而骊龙颔下，子能得珠者，必遭其睡也；使骊龙而寤，子尚奚微之有哉！'"纬萧，织草帘。锻，击碎。寤，睡醒。

清芬：高洁的德行。

王家亭①

王家亭外晚荷香，犹记明窗映夕阳。
觞咏城东佳胜处，只今飞蝶草荒荒。

①王家亭为蝶园遗物，在东城根，我读初中时常往。所谓亭子者实为长方形的大厅，隔窗可见厅内炕榻几椅，厅前池塘野荷零乱，似已无人管理。后毁。蝶园本是高邮名园，今存其名而已。

诗题原为《蝶园》，见陆建华、刘金鳌主编之《梦故乡——汪曾祺笔下的高邮》。蝶园：为王永吉之宅园。

王永吉（1600—1659），江苏高邮人，明天启五年（1625）进士，后官至蓟辽总督，后降清，为工部右侍郎。不久，辞官归高邮，建蝶园。旋又被启用为兵部尚书，谥文通。蝶园现拓建为供市民休闲的市民广场。

佛　寺

吴生亲笔久朦胧[①]，古刹声消夜半钟[②]。
欲问高邮余几寺[③]，不妨留照夕阳红。

①天王寺旧有吴道子绘观音，后竟不知下落。②承天寺夜半撞钟，小说《幽冥钟》写此。③高邮城区旧有八大寺，均毁。今只保留少数庵堂。此次回乡，曾往看南城一庵，承住持长老接待。长老颇爱读小说，对我说："你所写的小和尚的事是真的。我们年轻时都有过这样的事，只是不敢说。"小说《受戒》能得老和尚印可，殊感欣慰。

诗题原为《极乐庵》，见陆建华、刘金鳌主编之《梦故乡——汪曾祺笔下的高邮》。收入《汪曾祺全集》改为《佛寺》。

汪曾祺与佛教似有宿因。儿时，他生活在相当佛教化的家庭气氛中，上小学时，小学在座佛寺的旁边，原来即是佛寺的一部分，他几乎每天放学都要到佛寺里逛一逛。到了上中学，他天天从一个叫善因寺的寺边经过，寺里放戒，他能一天去看几回。后来，他还住过佛寺，与一些和尚很熟悉。至于他的作品更与佛教有不解之缘，小说《受戒》、散文《三圣庵》《仁慧》《罗汉》，传记文学《释迦牟尼》等，都留下了他受佛教之影响的印痕。他享有盛名后，各地邀他去讲学、开会、观光的机会很多，只要时间许可，当地的名寺几乎都是会去看一看的。当然，并不是去拜佛耳。汪曾祺在高邮时，曾与时为县政协副主席、统战部长朱维宁聊起高邮的八大佛寺，汪曾祺对朱维宁说，你这个主席、部长也应该考虑恢复一座名寺吧，不能只看为迷信，也有与社会主义相适应的因素，劝人行善嘛。朱维宁说，家乡正准备复建净土寺，只是一时苦于无人出任名誉会长。汪老听了，自告奋勇地说："就由我当吧！"汪老去世几年了，挂名誉会长这个衔的还是汪曾祺。（见朱维宁《闲情集》中《难忘那个夜》，时代文艺出版社 2006 年版）

忆荷花亭吃茶①

骄阳不到柳丝长，鸭唼浮萍水气香。
旋摘莲蓬花下藕，浮生消得一天凉。

①荷花亭在高邮公园东北角，在一小岛上。四面皆水，有小桥可通。环岛皆植高大垂柳，日影不到。亭中有茶馆，卖极好龙井茶。是夏日纳凉去处。今公园布局已变，荷花亭不知尚存否。

骄阳不到柳丝长：原句为"柳绿拂地隔骄阳"。见陆建华、刘金鳌主编之《梦故乡——汪曾祺笔下的高邮》。

唼：争食貌。

旋：刚刚。诗题原为《忆昔荷花厅吃茶》，收入《汪曾祺全集》改。

浮生：喻生命虚浮飘忽。此处喻生活的平淡闲适。唐·李涉《登山》诗云："终日昏昏醉梦间，忽闻春尽强登山。因过竹院逢僧话，又得浮生半日闲。"李涉诗落脚在"闲"字，而汪曾祺诗则着意于"凉"字。不惟环境之清凉、清静，亦心境之清凉，清静耳。

北海谣①
——题北海大酒店

家近傅公桥，未闻有北海。

突兀见此屋，远视东塔矮。

开轩揖嘉宾，风月何须买。

翠釜罗鳊白，金盘进紫蟹。

酒酣挂帆去，珠湖云暧暧。

①北海大酒店在傅公桥。我上初中时，来去均从桥上过，未闻有所谓北海也。傅公桥本为郊坰，今高邮向东拓展，北海已为市中心矣。（案"本为"，应为"本位"，当是刊误耳。）

北海：高邮新地名，解放前未有。

谣：民间流传的诗歌。

傅公桥：桥名。傅公，指傅椿，清乾隆二年（1737）任高邮知州，在高邮任上倡修堤坝，疏浚城濠，并于堤坝北端兴建了一座桥，让南来北往的驿马由堤坝绕城而过，使驿马不再入城扰害民众。此举利于百姓，甚得民心，道光十六年（1836），高邮乡绅重修该桥，并命桥名为"傅公桥"以志纪念。

突兀：出乎意外。

东塔：位于市城区东南，名净土寺塔，建于明万历四十年至四十三年（1612—1615），砖木结构，七层八面，秀美挺拔，今尚存。因旧城有两塔，另一塔位于城西，故此塔俗称东塔。

风月：风景。

翠釜、金盘：对炊具、餐具的美称。釜，古炊具。

云暧暧：云盛貌。

此诗写于1991年10月，是汪曾祺第三次回乡时所作。其时，北海大酒店落成，这是一座当时可算是县城里设备最先进齐全的宾馆，县里特地邀请汪曾祺夫妇下榻北海大酒店，并请汪曾祺为酒店题写店名。酒店建于傅公桥附近，汪曾祺上初中时，来来去去均从傅公桥上经过，那时这一带是农田村舍，也不叫北海，而如今俨然已成为城市中心，汪曾祺为家乡的变化感到由衷的高兴。除应邀题写了店名，还写下了这一首《北海谣》。《北海谣》形象生动地写出了北海大酒店的地势风光和高邮餐饮的水乡特色，情趣盎然。后酒店将此诗镌刻于迎宾室，并订做了若干印有此诗手迹的纸扇，赠送于酒店住宿、进餐的宾客，一时在高邮广为传诵，蔚为佳话。

虎头鲨歌

> 苏州嘉鱼号塘鳢，苏人言之颜色喜。
> 塘鳢果是何物耶？却是高邮虎头鲨。
> 此物高邮视之贱，杂鱼焉能登席面！
> 虎头鲨味固自佳，嫩比河鲀鲜比虾。
> 最好清汤烹活火，胡椒滴醋紫姜芽。
> 酒足饭饱真口福，只在寻常百姓家。

1991年10月，汪曾祺在家乡高邮曾书《虎头鲨歌》一诗赠杨杰（时为市政协办公室主任），第二行"颜色喜"为"颇色喜"，第六"焉能"为"焉可"余皆同。

只在寻常百姓家：化自唐·刘禹锡《乌衣巷》。《乌衣巷》诗为：朱雀桥边野草花。乌衣巷口夕阳斜。旧时王谢堂前燕，飞入寻常百姓家。

古今题咏鱼之诗甚多，但大都写鲈鱼、鳜鱼、鲤鱼、鳊鱼、河豚者居多，大概以诗吟诵虎头鲨者独汪公也。此非夫子对虎头鲨情有独钟，而是"谁不说俺家乡好"啊！汪曾祺还写过关于虎头鲨的散文，且附录一短章如下，可佐读者了解虎头鲨也！

　　虎头鲨和昂嗤鱼原来都是贱鱼，在我的家乡是上不得席的，现在都变得名贵了。

　　苏州人特重塘鳢鱼，谈起来眉飞色舞。我到苏州一看：嗐，原来就是我们那的虎头鲨。虎头鲨头大而硬，鳞色微紫，有小黑斑，样子很凶恶，而肉极嫩。我们家乡一般用来汆汤，汤里加醋。昂嗤鱼阔嘴有须，背黄腹白，无背鳍，背上有一根硬骨，捏住硬骨，它会"昂嗤昂嗤"地叫。过去也是汆汤，不放醋，汤白如牛乳。近年家乡兴起炒昂嗤鱼片，谓之"炒金银片"，亦佳。

　　此章载《鱼我所欲也》一文，可检《汪曾祺全集》卷五翻阅之。

为高邮市政协礼堂写六尺宣纸大字

　　万家井灶，十里垂杨。
　　有耆旧菁英，促膝华堂。
　　茗碗谈笑间，看政通人和，物阜民康。

载 1992 年第 2 期《雨花》。
耆旧菁英：耆旧，年老且有声望之人。菁英，精英，最杰出的人才。
促膝：喻坐得很近。梁·萧统《答晋安王书》："省览周环，慰同促膝。"
华堂：厅堂之美称。
茗碗：喻茶话会之类的活动。茗，茶。
阜：丰富，很多。

我的家乡在高邮
——故乡诗吟

贺家乡文联成立

风流千古说文游，烟柳隋堤一望收。

座上秦郎今在否，与卿同泛甓湖舟。

烟柳隋堤：隋堤：指大运河之河堤，因大运河开凿于隋炀帝时，故后人称之为隋堤。大运河之河堤遍植柳树，远远望去，似雾如烟，故曰烟柳。《全集》印"隋堤"为"隋提"，提字误。

这首诗写于1986年夏，时高邮县文联成立，聘请汪曾祺为名誉主席，汪老欣然应聘，并特地致诗以示祝贺。诗中借秦少游事，表达了对家乡文学事业的祝贺与期望。清·王士禛曾有诗句云："风流不见秦淮海，寂寞人间五百年。"而汪曾祺却云："座上秦郎今在否，与卿同泛甓湖舟。"秦少游当然不在了，但他的流韵仍在，他的作品仍在，他的影响仍在。他将永远伴随着家乡的诗人画家们雅集歌吟。

赠文联

国士秦郎此故乡，西楼乐府曲中王。

江山代有才人出，不负神珠甓射光。

秦郎：指秦观。

西楼：指王磐。王磐，字鸿渐，号西楼，高邮人。明代文学家，尤工散曲，有《西楼乐府》一卷传世。

乐府：诗体名，此处谓王磐所作配乐可歌之散曲。

才人出句：出自清·赵翼《论诗》："李杜诗篇万口传，至今已觉不新鲜。江山代有人才出，各领风骚数百年。"

不负神珠甓射光：一说初稿为"不负神州甓社光"，见朱延庆《三立集·塔影河心流不去》。据宋·沈括《梦溪笔谈》载："嘉祐中，扬州有一珠甚大，天晦多见，初出于天长县陂泽中，后转入甓射湖，又后乃在新开湖中，凡十余年，居民行人，常常见之。余友人书斋在湖上，一夜忽见其珠甚近。初微开其房，光自吻中出，如横一金线，俄顷忽张壳，其大如半席，壳中白光如银，珠大如拳，烂然不可正视，十余里间林木皆有影，如初日所照，远处但见赤如野火。倏然远去，其行如飞，浮于波中，杳杳如日。"后人遂称甓射湖为珠湖，"甓射（社）珠光"亦成为了"秦邮八景"的第一景。汪曾祺对王磐极为推崇，王磐所著的《野菜谱》他早先没有见过，深以为憾，直至1989年上半年才得以一见，他"快读一过，对王西楼增加了一分了解"，尤其对王磐"目验、亲尝、自题、手绘"野菜和"自己掏钱刻印"《野菜谱》特别敬佩，"他（指王磐）的用心是可贵的，也是感人的"——汪曾祺在读了《野菜谱》后这样写道。汪曾祺认为："我觉得对王西楼的评价应该调高一些，这不是因为我是高邮人。"汪曾祺对甓射珠光也很感兴趣，他曾于1988年写过一篇《甓射珠光》的散文，全文引用了宋朝沈括于《梦溪笔谈》中记载此事的短文，他感叹地说："高邮人都应该感谢沈括，多亏他记载了这颗珠子，使我们的家乡多了一笔美丽的彩虹。"汪曾祺是以珠湖自诩的，他曾自号"珠湖人"，并刻过一方"珠湖人"的私印，虽然后来不知去向，但他始终"还记得图章的样子，长一寸，阔三分，是一块肉红色的寿山石"。他对"珠湖人"的图章尚且如此怀念，其对珠湖岂不格外怀念么？

秦少游读书台

柳花帆影草如茵，遗踪苍茫尚可寻。

遥想凭栏把卷处，吟诗犹是旧乡音。

茵：坐垫、车垫，此处借喻草地之丰茂坦平。

吟诗犹是旧乡音：汪曾祺在《词曲的方言与官话》中，对秦少游词中的高邮乡音做过考索，说秦少游之《品令》，"大体上可以断定用的是高邮话""通篇都是用高邮话写的"。

汪曾祺也喜欢以乡音入诗，如《回乡杂咏》中的"怪底""旋摘""不丑"；《赠杨鼎川》中的"石鼓子""上河土尚"等。乡音，其实是乡情组织中一个活跃的细胞，最容易被乡情"激活"，也最容易"激活"乡情。无论是唐·贺知章的"乡音无改鬓毛衰"（《回乡偶书》）也好，清·叶燮的"忽讶船窗送吴语"（《客发苔溪》）也好，都流露出或蕴涵着对家乡的感情。汪老写秦少游读书台诗之际，也许也正回忆起在小学用乡音吟诵"飞入芦花都不见"哩。

为《珠湖春汛》报告文学集题词

珠湖春汛近如何，缩项鳊鱼价几多。

唯愿吾民堪鼓腹，百舟载货出漕河。

《珠湖春汛》：《珠湖》是高邮县文联主办的一份文学刊物，《珠湖春汛》是某年的一期反映高邮当时经济建设状况的报告文学集。《汪曾祺全集》载此诗时"珠湖春汛"误为"珠湖春讯"。

漕河：运粮之水道，此处喻运河。

此诗从鱼价、载货这类水乡常见普通之事切入春汛，浓缩地表达了汪老对家乡经济建设与百姓生活的关注，也包含了他对家乡文联以文学形式"送小温"的赞许。

高邮中学

红亭紫竹觅遗踪，此是当年赞化宫。

绛帐风流今胜昔，一堂济济坐春风。

赞化宫：道观名，高邮中学之旧址。

绛帐：本意为红色帐帷。《后汉书·马融传》："常坐高堂，施绛纱帐，前授生徒，后列女乐。"后遂以绛帐为从教之美称或借喻师长或讲座。

风流：此处指风度、标格。《晋书·王羲之传》："高迈不羁，虽闲居终日，容止不怠，风流为一时之冠。"

坐春风句：二十年代高邮县立第五小学校歌中的一句歌词。见汪曾祺《我的小学》。济济，人多状。《尚书·大禹谟》："禹乃会群后，誓于师曰：济济有众，咸听朕命。"春风，喻温暖的环境、良好的教育。汉·刘向《说苑·贵德》："管仲上车曰：'嗟兹乎！我穷必矣！吾不能以春风风人，吾不能以夏雨雨人，吾穷必矣！'"

贺母校校庆

当年县邮中，本是赞化宫。

城外柳如浪，处处野坟丛。

名师重严教，学子夜灯红。

年年小麦熟，人才郁葱葱。

结薪光潜德，瞩望在后生。

年年小麦熟：喻一届又一届的毕业生。

结薪：喻聚集。构建教师班子进行师传。薪，柴。

潜德：人所不知的德行。

回乡书赠母校诸同学

乡音已改发如蓬，梦里频年记故踪。

疏钟隐隐承天寺，杨柳依依赞化宫。

半世未忘来旧雨，一堂今日坐春风。

高邮湖水深如许，待看长天万里鹏。

乡音已改发如蓬：化自唐·贺知章句，喻离乡已久，老时方回。唐·贺知章《回乡偶书》云："少小离家老大回，乡音无改鬓毛衰。儿童相见不相识，笑问客从何处来。"作家李国文曾在一篇文章中说："我原籍是苏北人，最初几次见面，汪先生那一口高邮西北乡卖梨膏糖的韵调，依稀可辨，马上产生出来'乡音无改鬓毛衰'的亲切感。乡土，对作家来讲，如小孩的胎记一样，是一辈子也抹煞不掉的。"汪曾祺说乡音已改，实际上则是一种感叹，一种惆怅，是对离乡太久、太久的一种遗憾、一种无奈！

频：多次，频繁。

承天寺：旧时高邮的一座佛教寺院。汪曾祺小时所读的是县立第五小学，就在承天寺旁。

旧雨：故交、老朋友。

末两句预期同学们会大展宏图、前程美好。

敬呈道仁夫子

我爱张夫子，辛勤育后生。

汲源来大夏，播火到小城。

新文开道路，博学不求名。

白头甘淡泊，灼灼老人心。

八一年十一月受业汪曾祺

夫子：对男子的尊称。

大夏：上海大夏大学。

淡泊：不热衷于某种事物。三国·蜀·诸葛亮《诫子书》："非淡泊无以明志，非宁静无以致远。"

灼灼：形容非常之鲜明。《诗·周南·桃夭》："桃之夭夭，灼灼其华。"

张道仁：江苏高邮人，1930 年毕业于上海大厦大学国学系。一辈子从事教育工作。汪曾祺于高邮中学就读时曾受教于他。汪曾祺回高邮，不管如何忙，每次都去张先生家去看望老人。1981 年，汪曾祺应邀到母校高邮中学做文学报告，汪曾祺特地向校领导请求——把原校长，现已离休在家的张道仁也请到学校。下午 2 时，报告会开始，师生们以热烈的掌声欢迎汪曾祺上台，但汪曾祺却坚持请张道仁先生走在前面，并恭恭敬敬地扶着张先生一步一步地往台上走，待入座后，服务人员给汪曾祺送茶，汪曾祺也是连连示意，先送给张道仁先生。师生们看到汪先生这样对待师长，全场的掌声一阵阵地涌起。

附注：汪曾祺书赠此诗之墨迹与《汪曾祺全集》有两处小异：①末句"老人心"，墨迹为"老人星"。②落款"八一年十一月受业汪曾祺"，墨迹为"受业汪曾祺八一年十一月"。

敬呈文英老师

"小羊儿乖乖，把门儿开开。"

歌声犹在，耳畔徘徊。

念平生美育，从此培栽。

我今亦老矣，白髭盈腮。

但师恩母爱，岂能忘怀。

愿吾师康健，长寿无灾。

五小幼稚园第一班学生汪曾祺

文英：王文英，江苏高邮人。南京幼儿师范学校毕业，回乡后于县第五小学创办了高邮第一所幼稚园，汪曾祺曾就读于此。1981 年 10 月，汪曾祺回到阔别 42 年的故乡高邮。第二天，汪曾祺即去拜望张道仁、王文英夫妇。他们师生三人从下午一时半谈到五时半。汪曾祺始终没有忘记他在幼稚园时，王文英给他母爱般的关怀。那时，汪曾祺五岁左右，母亲已去世了，当王文英教小朋友们演童话剧《狼和小羊》时，王文英那么慈爱，那么怜惜地摸摸汪曾祺的头，使汪曾祺一辈子不能忘怀。当晚汪曾祺回到住所，充满感情地写了这首诗。这首诗使王老师哭了一个晚上。她对张先生说："我教了那么多学生，还没有一个来看看我的。"张先生也非常感慨地再三说："师恩母爱！师恩母爱！……"王文英去世于 1987 年。1991 年，汪曾祺又一次回高邮之际，特地到张道仁家，面向王文英的遗像，恭恭敬敬地三鞠躬，寄托他对王老师的无限怀念和哀思。1996 年 8 月，汪先生又专门写了《师恩母爱——怀念王文英老师》一文，发表于 1996 年 9 月 9 日《江苏教育报》，文末汪先生充满深情地写道："我觉得幼儿园的老师对小朋友都应该有这样的师恩母爱。"

小羊儿乖乖，把门儿开开。童话剧《狼和小羊》狼唱词中的句子。

江湖满地一纯儒

绿纱窗外树扶疏，长夏蝉鸣课楷书。
指点桐城申义法，江湖满地一纯儒。

小学毕业之暑假，我曾在三姑父孙石君家从韦鹤琴先生学。先生日授桐城派古文一篇，习临"多宝塔"一纸。我至今作文写字，实得力于先生之指授。忆我从学之时，弹指六十年矣，先生之声音态度，闲闲雅雅，犹在耳目。

癸酉之春受业汪曾祺谨记

江湖满地一纯儒：从唐·杜甫诗句"江湖满地一渔翁"（《秋兴八首》）化出。纯儒，纯粹的读书人。

扶疏：树木枝条四布之状。

课：按规定的内容和分量学习或教授。唐·白居易《与元九书》："苦节读书，二十已来，昼课赋，夜课书，间又课诗。"

桐城：指桐城派，清代散文流派。因其代表人物方苞、刘大櫆、姚鼐等均为安徽桐城人而得名。

申：陈述说明。

义法：作品的思想内容和写作技巧。

韦鹤琴，名子廉，江苏高邮人。毕业于两江高等师范学堂，与孙石君同学，孙石君曾请他为其子女、亲戚讲习古文、教授书法。1993 年，韦子廉先生逝世五十周年，高邮市政协孟城诗社拟出《鹤影琴音》一书以示纪念，特致函汪曾祺，请他题写书名。不久汪先生寄来了题写的书名，并写上"汪曾祺谨署"。请他写序，他却婉谢了，来信云："嘱写序言，此非弟子之事，似宜另请高邮耆宿为之。"同时寄来了这一首诗。汪曾祺对韦老师十分尊敬。在《一个暑假》中，汪曾祺深情地写道：

　　韦先生学问广博，但对桐城派似乎下的功夫尤其深。他教我的都是桐城派的古文，每天教一篇。我印象最深的是姚鼐的《登泰山记》、方苞的《左忠毅公逸事》、戴名世的《画网巾先生传》等等诸篇。《登泰山记》里的名句："苍山负雪，明烛天南。望晚日照城郭，汶水、徂徕如画，而半山居雾若带然。"我一直记得，尤其是"明烛天南"，我觉得写得真美，我第一次知道"烛"字可以当动词用。"居雾"的"居"字也下得极好。……我一直认为"桐城义法"是有道理的，不能一概斥之为"谬种"。

　　韦先生是写魏碑的，我的祖父六十岁的寿序的字是韦先生写的……字极端整，无一败笔。我后来看到一本影印的韦先生临的魏碑诸体的字帖，才知道韦先生把所有的北碑几乎都临过，难怪有这样深的功力。不过他为什么要我临《多宝塔》呢？最近看到韦先生的诗稿，明白了：韦先生的字的底子是颜字。诗稿是行楷，结体用笔实自《祭侄文》《争座位》出。写了两个月《多宝塔》对我以后写字，是大有好处的。

　　我的小诗附注中说："我至今作文写字，实得力于先生之指授。"是诚实的话，非浮泛语。

阴 城

莽莽阴城何代名，夜深鬼火恐人行。
故老传云古战场，儿童拾得旧韩瓶。
功名一世余荒冢，野土千年怨不平。
近闻拓地开工厂，从此阴城夜有灯。

一九八一年十一月

阴城：高邮的一个地名，离汪曾祺的老家不远。

莽莽：草木茂盛的样子。

恐：令人感到害怕。

故老：年老而有声望的人。

荒冢：无人认管之野坟荒墓。

功名一世句：韩世忠抗击金兵有大功于宋朝廷，但因反对秦桧议和无奈而自请解职。

汪曾祺童时常到阴城去玩，在那里逮蚂蚱、掏蛐蛐，更多的时候是去放风筝。汪曾祺在《阴城》中对阴城的叙述是：

> 阴城原是一片古战场，韩世忠的兵曾经在这里驻过，有人拾到过一种有耳的陶壶，叫作'韩瓶'，据说是韩世忠的兵用的水壶，因韩瓶插梅花，能够结子。韩世忠曾在高邮驻守，但是没有在这里打过仗。韩世忠确曾在高邮属境击败过金兵，但是在三垛，不在高邮城外，有人说韩瓶是韩信的兵用的水壶，似不可靠，韩信好像没有在高邮屯过兵。
>
> 看不到什么古战场的痕迹了，只是一片野地，许多

乱葬的坟，因此叫作"阴城"。

汪曾祺不仅在文章中写到韩瓶，还曾画过韩瓶。韩瓶上插着一枝梅花，他于画的左边题词云："吾乡阴城昔有双耳陶壶出土，乡人称之为韩瓶，谓此韩世忠士卒所用壶，以浸梅花可以结子。"其画古朴而有雅趣，煞是可爱。

同　学

同学少年发已苍，四方犹记共明窗。
红栏紫竹小亭子，绿柳黄牛隔岸庄。
村梢烟悬东门塔，野花雪放玫瑰香。
散学课余何处好，跳河比赛爬城墙。

一九八一年十一月十八日

汪曾祺对他在高邮的中学生活十分留恋，那时高邮县之初级中学，是全县的最高学府。汪曾祺在那里不仅学到了一些基础的国（文）、英（文）、算（数学），而且也玩得开心，在他的人生轨迹上留下了一段美好的印痕。他曾多次回忆起他的初中时代，并曾于1992年8月24日写就《我的初中》一文（载1993年第8期《作家》），对那时状况有生动的描述，尤其是校外景色和课余生活记叙得别有情致：

东门之东，过一小石桥，有几间瓦房。……瓦房外是打谷场。有一棵大桑树。桑树下卧着一头牛。不知道为什么，我一想起桑树和牛，就很感动。……城墙下是护城河，……沿河种了一排很大的柳树。柳树远看如烟，有风则起伏如浪。我第一次体会到什么是"烟柳""柳浪"，感受到中国语言之美。……操场东面，隔一道小河，即是城墙。城墙外壁是砖砌的，内壁不封砖，只是夯土。内壁有一点坡度，但还是很陡。我们几乎每天搞一次登山运动。上了陡坡，手扶垛口，心旷神怡。……操场北面，……地块之间，芦荻过人。我曾经在一片开着金黄的菊形的繁花的茼蒿上面（茼蒿开花时高可尺半）看到成千上万的粉蝶，上下翻飞，真是叫人眼花缭乱。……这一片荒野上有一些纵横交错的小河。我们几乎每天比赛"跳河"。起跑一段，纵身一跳，跳到对岸。河阔丈许，跳不好就会掉在河里。……跳河有大王，大王叫孙普，外号黑皮。他是多宽的河也敢跳的。

汪曾祺的这首诗，是对初中生活的一种追忆，更是一种回味。虽然其中没有写到具体的哪一个同学，但"跳河比赛爬城墙"这七个字，已把一群活泼好强、生气勃勃的中学生形象活灵活现地写出来了。

新　河

晨兴寻旧邮，散步看新河。
舲舶垂金菊，机船载粪过。
水边开菊圃，岸上晒萝卜。
小鱼堪饭饱，积雨未伤禾。

一九八一年十一月八日新河散步写

新河：在高邮市郊，是东连兴化、东台等地的一条小上要道。

舟定舶：泛指船、大大小小的船。

汪曾祺第一回到阔别多年的家乡，活动安排满满的：与当地领导会面、到母校作报告、为机关干部作报告与文学爱好者座谈；看望老师、同学、亲戚、朋友；参观古迹、工厂，看看自己曾那么熟悉的珠湖、大淖……汪曾祺所到之处，几乎都有人陪同、有人围着。但汪曾祺更喜欢一个人到处走，一个人悄悄地观察生活、捕捉诗意；一个人悄悄地回忆过去、看看现在。《新河》这首诗写的他一个人在清晨于新河岸边散步时的所见所感。

题盂城邮花

以邮名地者，其唯我高邮。

秦王亭何在，子婴水悠悠。

降至盂城驿，车马乱行舟。

邮人爱邮事，同气乃相求。

玩物非丧志，方寸集千秋。

盂城：高邮之别称。高邮地势低，洼似盂，故有此名。宋·秦观《送孙诚之尉北海》中有句云："吾乡如覆盂。"

邮花：邮票之美称。

秦王亭：秦王政二十四年（前223），秦始皇令于高邮境内筑高台，置邮亭。后人遂以秦王名亭，早已不存。

子婴水：即子婴河，在今高邮市北。传为秦二世子婴为疏通泗、淮之水而开凿，后人逐称此河为子婴河，并曾建庙以祀。

玩物非丧志：玩物丧志本来是一个成语，出自《尚书·旅獒》："玩人丧德，玩物丧志。"是说过分沉溺于喜爱的事物，而致使意志消磨。汪老以"非"字否定此说，是指集邮而言，也是泛指一些有意义、有情趣、有文化内涵的"玩"的活动。如汪曾祺还为扬州的火花大王季之光题过词，题的是："方寸乾坤，小中见大。上下八荒，功同赞化。"他在祝老师沈从文先生八十寿辰的诗中也说："玩物从来非丧志。"

方寸集千秋：谓集邮可认识古今，包罗万象。方寸，指邮票。

应小爷命书

> 汪家宗族未凋零，奕奕犹存旧巷名。
> 独羡小爷真淡泊，临河闲读南华经。

《汪曾祺全集》卷八载，又见《梦故乡》。

小爷：小叔父，指汪曾祺的亲戚汪连生，时为高邮曙光中学退休教师。

奕奕：美盛高大状。

旧巷名：谓汪家巷，旧时汪姓居此处不少。

南华经：庄子所著，原名《庄子》，唐天宝元年，诏谕《庄子》改称为《南华真经》。

汪连生亦能诗。汪曾祺去世后，汪连生有《忆曾祺》悼之。诗云：

> 名闻文坛归故里，百花讲学誉满城。
> 几度回乡反响大，不乏后生崇尚文。

> 盂城多处留文墨，诗序楹匾皆上乘。
> 遗世佳作传千古，后继秦王又一人。

送传捷外甥参军

东海日升红杲杲，水兵搏浪起身早。
昂首浩歌飘然去，茫茫大陆一小岛。

一九八一年十月

传捷：金传捷。是年金传捷应征入伍，恰汪曾祺回乡，欣然
以诗赠送。
杲杲：形容太阳明亮貌。

陵纹小妹存玩

故乡存骨肉，有妹在安徽。
所适殊非偶，课儿心未灰。
力耕怜弱质，怀远问寒梅。
何日归软赋，天涯暖气吹。

大哥哥 曾祺

汪陵纹：汪曾祺同父异母之妹。十六岁即因生活所迫，离开
家乡随人去安徽谋生，后在安徽嫁人。
所适殊非偶：指婚姻上的不满意。适，出嫁。殊，特别，很。
课儿：指教育子女。
未灰：喻对未来还存有希望。
力耕怜弱质：谓生活之艰苦。弱质，身体差。

问寒梅句：喻怀念远方亲友。《太平御览》卷970引南朝宋·盛弘之《荆州记》："陆凯与范晔相善，自江南寄梅花一枝，谐长安与晔，并赠花诗曰：'折梅逢驿使，寄与陇头人。江南无所有，聊赠一枝春。'"

何日归欤赋：何日，什么时候。不确定的口气，既表达了对兄妹团聚的期盼，也流露出对骨肉相依之渺茫。

赠杨汝纶

杨家本望族，功名世泽长。
子孙颇繁盛，君是第几房。
几时辞旧宅，侨寓在他乡。
与君未相识，但可想清光。
葭莩亲非远，后当毋相忘。

载《汪曾祺全集》卷八。

望族：有声望有地位的世家大族。宋·秦观《王俭论》："王、谢五氏，最为望族，江左以来，公卿将相出其门者十七八。"

世泽：先代给子孙的影响或余荫。

第几房：杨家为旧时高邮大族，杨汝纶祖父杨福臻有七个儿子，成年后析产分居，分为七房，加上杨福臻之胞弟福申一子共为八房。其时，以"汝"字排行的有几十人。

清光：誉人品之清纯光明。

葭莩：原指芦苇的蒲膜。此处喻远亲。

杨汝纶，1920 年生，江苏高邮人。汪曾祺的表弟，长期从事教育工作。1980 年后任四川富顺县县长、县人大常委会副主任、县政协副主席等职。1997 年 4 月，汪曾祺在四川宜宾参加五粮液会，杨汝纶得知此消息后，从富顺驱车直奔宜宾。当晚八时，两人在翠屏山庄见面，一直谈了三个小时。告别时，汪曾祺书李商隐诗句"何当共剪西窗烛，却话巴山夜雨时"相送，匆忙中把"雨"

写成了"语"，杨汝纶看了笑着说"错了"，汪曾祺也笑了，又
加上"雨字误写作语"。说："这张不算，回京后另写一张寄来。"
然而，回京不久即突然犯病，于五月十六日去世了。

赠杨鼎川

高坡深井杨家巷，是处君家有老家。
雨洗门前石鼓子，风吹后院木香花。
闲游可到上河塥，厨馔新烹出水虾。
倘有机缘回故里，与君台上吃杯茶。

载《汪曾祺全集》卷八。

杨鼎川：汪曾祺之远房亲戚，杨汝纶之子，汪曾祺的表侄辈。曾任教于广东佛山大学中文系，为人文学院院长。1994年，他在山东做访问学者期间到汪曾祺寓所拜访，汪曾祺书此诗相赠。

石鼓子：旧时大户人家门前两旁之石制鼓形装饰物。

上河塥：高邮土话也。书写当为上河塘。大运河堤之旧称。塘，《论文》："塘，堤也。"《高邮州志·河渠志》中《东堤成碑记》（清·李青芳撰）："东堤者，高邮之东河塘也。"

台上：文游台上。

上文游台

忆昔秦邮何处好，年年都上文游台。

树梢帆影轻轻过，台下豆花漫漫开。

秦邮碑帖怀铅拓，异代乡贤识姓来。

杰阁何年归旧制，风流余韵未宜衰。

　　此诗《汪曾祺全集》未载，见陆建华、刘金鳌主编之《梦故乡——汪曾祺笔下的高邮》。

　　秦邮碑帖：置于文游台，镶嵌于文游台四壁。为清高邮知州师兆龙于嘉庆二十年（1815）所初创，集有苏轼《清虚堂诗》、黄庭坚《呈外舅孙莘老》、米芾《露筋碑》、秦观《获款帖》等。清光绪癸未（1883）高邮知州龚定瀛又增刻宋·王定国、元·陈有宗、明·宋濂等墨迹，今尚存。

　　铅拓：将纸复于碑砧或器物上，用墨或铅笔芯顺次于纸上平涂，使其碑帖或器物上之文字，图画摹印于纸。异代：不同时代。

　　乡贤：地方上有名望，有德行的人。

　　旧制：原来的规模。时文游台尚未完全恢复。诗的三、四两句工巧，高下、远近、东西、动静相映成趣。汪曾祺在《文游台》一文中写道："我读小学时每年'春游'都要上文游台，趴在两边窗台上看半天。东边是农田，碧绿和麦苗、油菜，蚕豆正在开花，很喜人。西边是人家，鳞次栉比，最西可看到这河堤上的杨柳，看到船帆在树头后面缓缓移动，缓缓移动的船帆叫我心有点酸酸的，也甜甜的。"

偈写家乡楝实

轻花淡紫殿余春，结实离离秋已深。
倒挂西风鸦不食，绿珠一树雪封门。

诗载《梦故乡——汪曾祺笔下的高邮》，1983 年 3 月于北京写给家人。《汪曾祺全集》未载。

楝实：楝实所结之果。

殿：最后。楝花之色淡紫，于春夏之交开花。楝花开则意味着春归。

离离：繁茂貌。

绿珠：楝实之美称。

这首诗写的是楝实，寄托的却是乡思，宋代诗人蔡有守《清明登镇海楼寄梁七》句云："远念辽阳还积雪，故乡吹暖楝花风。"汪曾祺之诗，其蕴涵亦在此。

寿小姑爹八十岁

扁舟一棹入江湖，一笑灯前认故吾。
报国有心豪气在，未甘伏枥饱干刍。

胸中百丈黄河浪，眼底巫山一段云。
犹余老缶当年笔，归画淮南万木春。

抵掌剧谈天下事，挥毫闲书老少年。
高龄八十健如此，熠熠珠光照夕烟。

　　小姑爹 80 岁矣，而精神矍铄豪迈健谈，命作诗，赋三绝为之寿。

孙汪曾祺敬草　1981 年 11 月 1 日

　　诗题为编者所加。此诗发表于《走近汪曾祺》（姜文定、陈其昌主编，汪曾祺文学馆编印，2003 年版）一书《崔锡麟和侄孙汪曾祺》一文中。《汪曾祺全集》未载。《走进汪曾祺》一书其第一首第二句中"一笑"误为"一笺"。

　　小姑爹：即崔锡麟，江苏高邮人。汪曾祺的姑爹。擅书画，工诗词。崔锡麟解放前曾为江苏省农民银行行长、旧国大代表。后被错定为历史反革命，平反后为高邮县政协常委。1981 年 10 月，汪曾祺于五柳园饭店与崔锡麟等亲戚聚会。此后，崔锡麟将一幅画赠给汪曾祺，并题诗《为妻侄孙汪曾祺画兰桂图》："多年兰桂喜还乡，嫩蕾居然放瑞香。一代文坛夸韵色，百花园里耐秋霜。品格清高邀众赏，兼葭依附也增光。愿乘东风吐异彩，人间到处挹芬芳。"收到崔锡麟的赠画，汪曾祺也想以画回赠，但是想到小姑爹早在20年代就以卖画谋生，就不打算班门弄斧了。于是，便回赠了此诗。

扁舟一棹入江湖：喻崔锡麟回乡生活。唐·李商隐《安定城楼》中有句云："永忆江湖归白发，欲回天地入扁舟。"

一笑灯前认故吾：出自明·冯梦龙《警世通言》中《范鳅儿双镜重圆》，原诗为："夫换妻兮妻换夫，这场交易好糊涂。相逢总是天公巧，一笑灯前认故吾。"此句喻崔锡麟恢复本来面目。故吾，原来的我。

伏枥：俯伏于马槽。曹操《步出夏门行》："老骥伏枥，志在千里。烈士暮年，壮心不已。"

龁刍：吃草。

老缶：近代大画家吴昌硕。此处系比崔锡麟，崔承吴昌硕之画风。

胸中百丈黄河浪，眼底巫山一段云：喻崔锡麟胸怀祖国大好河山。眼底巫山一段云，化自唐·李群玉《杜丞相悰筵中赠美人》。原诗句："裙拖六幅潇湘水，鬓耸巫山一段云。貌态只应天上有，歌声岂合世间闻。胸前瑞雪灯斜照，眼底桃花酒半醺。不是相如怜赋客，肯教容易见文君。"

抵掌剧谈：化自晋·左思《蜀都赋》："剧谈戏论，扼腕抵掌。"抵掌，击掌。剧谈，谈得非常痛快、尽兴。

熠熠：光彩闪烁貌。

夕烟：喻人之晚年。

赠许荫章

相交少年时，上课曾同桌。

君未出闾里，我则似萍泊。

君已为良医，我从事写作。

如今俱老矣，所幸犹矍铄。

何时一樽酒，与君细斟酌。

诗载《梦故乡—汪曾祺笔下的高邮》。《汪曾祺全集》未载。

许荫章：即许长生，江苏高邮人。中医，幼时名许荫章。汪曾祺就读于高邮第五小学五、六年级时的同班同桌的同学。80 年代曾与汪曾祺的父亲汪淡如同事于高邮第十六联合诊所。1986 年汪曾祺回乡，两人促膝长谈，畅叙旧情。回北京后不久，汪曾祺向许长生寄赠了这首诗和一幅画，画为紫藤与雏鸟，题曰：晓来谁染霜林醉。落款为：壬申暮日汪曾祺。

闾里：泛指乡里。《周礼·天官·小宰》："听闾里以版图。"贾公彦疏曰："在六乡则二十五家为闾，在六遂则二十五家为里。"

矍铄：老人体健神旺貌。《后汉书·马援传》："援因复请行，时年六十二，帝愍其老，未许之。援自请曰：'臣尚能被甲上马。'帝令试之。援据鞍顾眄，以示可用。帝笑曰：'矍铄哉，是翁也！'"

何时一樽酒：出自唐·杜甫《春日忆李白》，诗为：

　　　　　　白也诗无故，飘然思不群。
　　　　　　清新庾开府，俊逸鲍参军。
　　　　　　渭北春天树，江东日暮云。
　　　　　　何时一樽酒，重与细论文。

　　汪先生借用杜甫的诗成句，既显得对同学的尊重，又表示了
与许长生的亲密。

题高邮丝绸厂

　　春蚕到死何曾死，化作万民身上衣。

　　此句载《汪曾祺与烟酒茶字》一文，见朱延庆《三立集》。为 1991 年 10 月汪曾祺参观高邮丝绸厂时所题。其时，并为厂长何春华写了四个大字："春华秋实。"《汪曾祺全集》未载。

　　春蚕到死何曾死：化自唐·李商隐《无题》"春蚕到死丝方尽"句。

高邮中学校歌

国士秦郎此故乡，湖山钟人杰。
笳吹弦诵九十年，嘉树喜成列。
改革开放乘长风，拓开千秋业。
且须珍重少年时，不负云和月。

《高邮中学校歌》载《百年邮中——江苏省高邮中学百年华诞》（2005 年版、内部发行）。《汪曾祺全集》未载。《高邮中学校歌》作于1995 年，是汪曾祺先生应当时高邮中学领导之请，为母校撰写的一首校歌。

国士秦郎此故乡：句出自汪曾祺《赠文联》诗。原诗为："国士秦郎此故乡，西楼乐府曲中王。江山代有才人出，不负神珠龑射光。"

钟：特别、集中。

笳吹弦诵：奏乐读书，喻学校教学活动。

嘉树：美好的树木，喻杰出人才、栋梁。

云和月：喻时光。如宋·岳飞《满江红》"三十功名尘与土，八千里路云和月"句。

此诗层次分明，概括力强，言简意赅。第一句说的是故乡，抒发了自豪感；第二句落脚在学校，凸现着成就感；第三句放眼论国家，彰显出时代感；第四句对象为师生，赋予其责任感。汪曾祺为母校撰写的这首校歌还有一个明显的特点是有承续性。所谓承续，是指这首校歌不仅沿用了三十年代、四十年代校歌的格式和韵律，而且还有意沿用了旧校歌的某些字句和词义，如"拓开千秋业"，三十年代的校歌是"建我千秋业"；"湖山钟人杰"，四十年代的校歌是"湖山灵秀钟吾邑"。这样的承续，可使高邮中学的校友读来更觉亲切、倍增乡情。

汪曾祺撰写的这首校歌得到了母校领导的高度重视和师生们的普遍赞誉。如今的高邮中学，这首校歌镶嵌在校园的一面大照壁上。歌词中的结尾"珍重少年时，不负云和月"这十个字，被列入"校园精神"；其手迹放大后被置放于学校的大门口；师生们一进校门，就会看到这闪闪发光的十个大字。毫无疑问，汪曾祺的这首校歌，正影响着这一代高邮中学的师生，并将在一代又一代高邮中学师生中流传下去。这是汪曾祺对母校的贡献，也是汪曾祺对母校的回报，更是汪曾祺对母校永恒的眷恋！

写到这里，不禁使我想汪曾祺小说《徙》开头、结尾的那几句话来：

开头：

很多歌消失了。

许多歌的词、曲的作者没有人知道。

有些歌只有极少数人唱，别人都不知道，比如一些学校的校歌。

结尾：

高先生（五小校歌的作者）已经死了几年了。五小的学生还在唱：

西挹神山爽气，

东来邻寺疏钟……

墓草萋萋，落照昏黄，歌声犹在，斯人邈矣。

附：高邮县立初级中学校歌（三十年代）、高邮县立中学校校歌（四十年代）。

高邮县立初级中学校歌（三十年代）

天地正气钟吾党，砥柱中流立。
革命桑梓称先导，忍见金瓯阙。
大好身手须锻炼，科学精研习。
努力努力毋稍懈，建我千秋业。

高邮县立中学校歌（四十年代）

湖山灵秀钟吾邑，大厦巍然立。
一堂济济尽英才，待展凌霄翼。
文明再造古神州，为学须努力。
健全人格新精神，自强永不息。

忆　旧

江阴漫忆

忆　旧

君山山上望江楼[1]，鹅鼻嘴[2]前黄叶稠。
最是缴墩逢急雨[3]，梅花入梦水悠悠。

　　[1]君山在城北，登望江楼可见隔岸靖江。[2]鹅鼻嘴礁石突出江岸，开如鹅鼻，甚险要。[3]"缴"即伞，江阴都写作缴，以地形似伞故。缴墩遍植梅花。1937年春，阖校春游，忽大雨，衣皆尽湿，路滑如油，皆仆跌。

河　鲀

鮰鱼脆鳝味无伦[1]，酒重百花清且醇[2]。
六十年来余一恨，不曾拼死吃河鲀。

　　[1]江阴产鮰鱼，味美而价贱。[2]江阴产百花酒，黄酒之属也。

樱　花

昔未识樱树，初识在南菁[1]。
一夜东风至，出户眼增明。

团团如绛雪，簇簇似朝云。

寸池②水如染，甬道草更青。

此非中土产，舶载自东瀛。

谁为植此树，校长孙揆均。

一别六十载，皤然白发生。

攀条寻旧梦，三嗅有余馨。

①我 1936—1938 年曾就读南菁中学。南菁历史甚久，创校至今已一百一十五年。②南菁校园有圆池，水极清而甚浅，云只一寸深，名"寸池"。

《江阴漫忆》这一组诗写于 1997 年 4 月，是汪曾祺为纪念江阴南菁中学校 115 周年校庆而写的。沈成嵩作有《酒重百花清且醇——缅怀汪曾祺先生》记其事。见 1997 年 5 月 20 日《金坛报》。

东瀛：日本。孙揆均（1866—1941），原名道毅，又名揆均，字叔方，号寒厓。江苏无锡人。清光绪时举人，曾留学日本。工诗文，擅书法，有《寒厓集》传世。

1925 年秋，汪老曾就读于南菁中学。后因日本侵略者占领江南而被迫离开。汪曾祺对江阴很有感情。在他的记忆里："江阴是一个江边的城市，每天江里涨潮，城里的河水也随之上涨。潮退，河水又归平静。行过虹桥，看河水涨落，有一种无端的伤感。难忘缴墩看梅花遇雨，携手泥涂；君山偶遇，遂成离别。几年前我曾往江阴寻梦，缘悭未值。我这辈子大概不会有机会再到江阴了。"

他回忆当时的星期天的一天的生活是：上午上街，买毛巾、牙膏、袜子之类的东西，吃一碗脆鳝面或辣油面，他认为江阴的面是做的最好的。汪曾祺最感兴趣的是到书摊挑一折八扣的书，下午则躺在床上一边吃粉盐豆、喝白开水，一边看书。写江阴自然要说到鱼，江阴的特产鲴鱼，尤其是河豚，汪曾祺之《四方食事》，其中《河豚》这一章写的就是江阴吃河豚的事。不过令汪老最难忘的，是他的初恋。汪老在江阴读高中时，已是情窦初开。想到在江阴的初恋，汪老很动情。在《多年父子成兄弟》中，他第一次写到了他的初恋："我十七岁初恋，暑假里，在家写情书。""初恋"恋的是谁呢？"写情书"，当然是写给初恋的这一位她了，但是，她是谁呢，汪老没有说。

在《果蔬秋浓》中，汪老又一次谈到了他的初恋——"那年我正在恋爱，初恋。"这是在写江阴一家水果店里的最后一句话。汪老说那水果香味"从早到晚都是这么香，一种长在的、永远的香。香透肺腑，令人陶醉……这家水果店的香味使我常常想起，永远不忘"。这是一家什么样水果店啊，为什么这样的香味令他如此难以忘怀呢？这分明在说他的初恋，使他常常想起、永远不忘的初恋。但是她是谁呢，汪曾祺在文章中从来没有说过，似乎也没有向其他人透露过。

他的儿女们认为："爸爸的初恋情人大概是他的中学同学，他在大学时写过一篇小说《待车》，隐隐约约透露了一点信息。不过他的这段往事没有和家里人谈起过，我们自然也不会问。"（见《老头儿汪曾祺——我们眼中的父亲》）据我所知，这个秘密汪师母知道。汪曾祺和我谈过江阴。一次在他蒲黄榆的家中聊天谈高邮的文物古迹（那时，我在省文化厅文物处工作），他一下子问起了江阴中山公园的"金刚经"草书碑、马镇的晴山堂碑……谈着，谈着，汪老一时无语，神情似乎忧郁起来，脱口说："我对江阴是有感情的。"那时，汪曾祺的《多年父子成兄弟》刚发表不久，我开玩笑地说："假如把你的初恋写出来，肯定比《受戒》

精彩！"汪老缓缓地说："人家还在，这我怎么写？！"

那天，可能是酒喝得多了一点，汪师母执意送我到公交车站，路上，我趁着半分酒意对汪师母说："汪老在江阴好像有个小英子吧？"汪师母笑笑说："老头子是个多情种子。"我说："他和你说过情书中的她吗？"汪师母还是笑："说过，当然说过！"后来，记得我还问过汪老，江阴的初恋什么时候写？汪老沉吟地说："再说。"吐了一口烟——那时，汪师母已病重，整日卧床，汪老大概已没有想写的情致了！只剩下梅花入梦水悠悠矣！

登大境门

云涌张家口，风吹大境门。
崇岭围南北，边墙横古今。
战守经千载，丸泥塞万军。
欲问兴亡意，烽台倚夕曛。

诗载 1983 年 3 期《浪花》。《汪曾祺全集》未载。

1983 年，汪曾祺应张家口市文联之邀，曾为当地青年作家讲过一次课。诗当作于此际。《浪花》为张家口市文联主办的文学杂志。

大境门：关隘名，位于张家口市区东北，曾为明代长城的一个关隘，清代增建城楼，为兵家必争之地，连接边塞与内地交通的要道。

边墙：边境之长城。汪曾祺于《长城漫忆》中云："张家口一带农民把长城叫作'边墙'。我很喜欢这两个字。'边墙'者，防边之墙也。"

丸泥：典出《后汉书·隗嚣传》："王元遂说隗嚣曰：'今天水完富，士马最强，北收西河、上郡，东收二三辅之地，案秦旧迹，表里河山。元请以一丸泥为大王东封函谷关，此万世一时也。'"喻某地地形险要，只须少量兵力即可固守。丸，小而圆之物。泥，指封泥，古代缄封简牍的粘土。宋代陆游《书悲》："何当受诏出，函谷封丸泥？"清代朱彝尊《百字令·度居庸关》："谁放十万黄巾，丸泥不闭，直入车箱口。"

塞：阻挡。

烽台：即烽火台。亦名墩堠、狼烟台。古代边疆用于报警的高土台。土台相间而筑，彼此可望，一旦发现敌情，即可举火传告示警。

夕曛：日落时的余光。

《登大境门》是一首着眼高远，意境开阔的好诗。所谓登者，升高以望远也，诗人在高处立足，从大处着笔，使诗显得气象阔大悠远，境界雄浑苍茫，读了令人久久难忘。

下字贴切而工妙，也是《登大境门》可咀嚼品味之处。首句之"涌"，极富动感，写出了其地风云的气势，并与第二句"吹"字相映带。第三、四句之"围"与"横"，艺术地概括了当地景物的特色，使人联想起唐人王维的佳句"大漠孤烟直，长河落日圆"。第六句之"塞"自然精当，若易换成它字，似皆不宜。

第七句的"欲"字，承接灵动，俗手亦不易为之耳。诗人石湾曾说，"汪曾祺是个在用字炼句上极为讲究的作家"（见《汪曾祺的诗心》），读《登大境门》，信然。

重来张家口

北国山河壮，西窗客思深。
重来迁谪地，转能觉相亲。

　　　　　一九八三年六月廿二日汪曾祺

　　诗见汪曾祺先生手稿，是汪老又到张家口时的作品，为汪朝整理父亲遗物时所发现。《汪曾祺全集》未载。

　　西窗：喻旧时亲友再相聚。唐代李商隐《夜雨寄北》："何当共剪西窗烛，却话巴山夜雨时。"

　　迁谪：被罚流放或贬职。

　　转：反而，反倒。

　　据汪朝女士讲，汪老于张家口之行写了好几首诗，见到已发表的只有《登大境门》，而《重来张家口》《重返沙岭子》都没有发表过，另外还有一首长诗，惜字迹模糊，难以辨别，也可能还有一些诗没有发现。

　　这首诗和下一首《重返沙岭子》分别写于前一天、后一天，可见当时汪老愉快、兴奋的心情。不管何时何地，汪老始终与人民相亲，与生活相亲，与创作相亲。"西窗客思深"，并不是一句空话或套话，"转能觉相亲"，也是实实在在的感情。如果我们读了《沙岭子》《沽源》《关于葡萄》等散文与《寂寞与温暖》《七里茶坊》等小说，便可以清晰、具体和更多地体会与感受到汪老的情之"深"和"亲"之切。

重返沙岭子

二十三年弹指过，悠悠临水过洋河。

风吹杨树加拿大，雾湿葡萄波尔多。

白发故人还相识，谁家稚子学唱歌。

曾历沧桑增感慨，相期更上一层坡。

离开此地已二十三年矣！晤诸旧识，深以为快。

汪曾祺一九八三年六月廿三日

诗录自汪曾祺手书诗稿，为汪朝同志所惠示。是汪老当年到沙岭子之际所作。《汪曾祺全集》未载。

弹指：佛家语，喻时间极其短暂。

洋河：当地河名：汪曾祺在《沙岭子》中写到洋河。他说："洋河相当宽，但是常常没有水，露出河底大块卵石。水大的时候可以齐腰。"在以沙岭子为背景的小说《羊舍一夜》中，也写到了洋河。

加拿大：杨树品种名。

波尔多：农药名，液体，常用于果园果树防病。汪曾祺在沙岭子果园干活，干得最多是喷波尔多液。在散文《沙岭子》《随遇而安》《果园杂记》中，都曾生动地描述了他喷波尔多液的情景。

故人：以前的朋友、熟人。

稚子：幼儿，小孩子。

沧桑：沧海桑田之略，喻巨大的变化。典出晋代葛洪《神仙传·王远》："麻姑自说云：'接待以来，已见东海三为桑田。'"唐代夏方庆《谢真人仙驾还旧山》："沧桑今已变，萝蔓尚可攀。"毛泽东《人民解放军占领南京》："天若有情天亦老，人间正道是沧桑。"

沙岭子是汪曾祺被打成右派后下放劳动的地方，1958 年至1961 年，他在那里农业科学研究所呆了 4 个年头。4 年中，他头两年参加劳动，扎扎实实地劳动，大部分农活差不多都干过，刨冻粪，起猪圈，甚至能扛 85 公斤重的一麻袋粮食，稳稳地走上和地面成 45 度角那样陡的高跳。不过，干得最多是喷波尔多液。后来，他就在研究所里打杂，主要是画画，画《中国马铃薯图谱》，他觉得："我的工作实在是舒服透顶，不开会，不学习，没人管，自由自在，也没有指标定额，画多少算多少。"

他在那里与所里的人，和当地的人都处得很好。沙岭子人民给予他的教育、关顾，沙岭子风土人情对于他创作的影响，使他离开沙岭子后，还常常回忆起沙岭子，怀念沙岭子，并把他在那里的生活写进了散文和小说。他认为，在沙岭子几年，对他确立以后的生活态度和写作态度是很有好处的。

全诗紧扣"重返"二字展开。第一句点明重返的时间——二十三年后。第二句写出重返的地方——洋河。第三、四两句写重返时看到的景。第五、六两句写重返时见到的人。第七、八两句写重返时的情。其结尾两句是全诗的重点。曾经沧桑增感慨，汪曾祺在诗中直接抒发的感慨并不多。"二十三年弹指过""白发故人还相识"，似乎只是这淡淡的几句。汪曾祺的感慨抒发于他的一系列关于沙岭子回忆的散文和背景是沙岭的小说中：如果还用汪曾祺的话来说，感慨有这么几点：

一、通过劳动，"这才知道劳动是沉的负担这句话的意义"（《随遇而安》）。

二、和农民在一起生活了四年，"对农村、农民有了比较切近的认识"（《自序·我的世界》）。

三、重回沙岭子，"觉得这一代的人都糊里糊涂地老了。是可悲也"（《沙岭子》）。

相期更上一层坡，这是全诗的最后一句话，也可能是汪曾祺最想说的一句话。汪曾祺重返沙岭子，一方面是"晤诸旧识。深以为快"；但另一方面却是他看到的办公室、房屋，感觉并不好，看到的果园感觉是荒凉，看到的土屋全都没有变……

所以，他在《沙岭子》一文结尾处含蓄地说："重回沙岭子，我似乎有些感触，又似乎没有。这不是我所记忆、我所怀念的沙岭子，也不是我所希望的沙岭子。然而我所希望的沙岭子又应是什么样子的呢？我也说不出。"我以为，汪曾祺哪里是说不出，只是不想说罢了。

昆明旅食忆旧

重升肆里陶杯绿①，饵块摊来炭火红②。
正义路边养正气③，小西门外试撩青④。
人间至味干巴菌⑤，世上馋人大学生。
尚有灰藋堪漫吃⑥，更循柏叶捉昆虫。

①昆明的白酒分市酒和升酒。市酒是普通白酒。升酒大概是用市酒再蒸一次，谓之"玫瑰重升"，似乎有点玫瑰香气。昆明酒店都是盛在绿陶的小碗里，一碗可盛二小两。

②饵块分两种，都是米面蒸熟了的。一种状如小枕头，可做汤饵块、炒饵块。一种是椭圆的饼，犹如鞋底，在炭火上烤得发泡，一面用竹片涂了芝麻酱、花生酱、甜酱油、油辣子，对合而食之，谓之"烧饵块"。

③汽锅鸡以正义路牌楼旁一家最好。这家无字号，只有一块匾，上书大字："培养正气。"昆明人想吃汽锅鸡，就说："我们今天去培养一下正气。"

④小西门马家牛肉极好。牛肉是蒸或煮熟的，不炒菜，分部位，如"冷片""汤片"……有的名称很奇怪。如大筋（牛鞭）、"领肝"（牛肚）。最特别的是"撩青"（牛舌，牛的舌头可不是撩青草的么？但非懂行人觉得这很费解）。"撩青"很好吃。

⑤昆明菌子种类甚多，如"鸡枞"，这是菌之王，但至今我还不知道为什么只在白蚁窝上长"牛肝菌"（色如牛肝，生时熟后都像牛肝，有小毒，不可多吃，且须加大量的蒜，否则会昏倒。有个女同学吃多了牛肝菌，竟至休克）。"青头菌"，菌盖青绿，菌丝白色，味较清雅。味道最为隽永深长，不可名状的是干巴菌。这东西中吃不中看，颜色紫褚，不成模样，简直像一堆牛屎，里面又夹杂了一些松毛、杂草。可是收拾干净了撕成蟹腿状的小片，加青辣椒同炒，一箸入口，酒兴顿涨，饭量猛开。这真是人间至味！

⑥藿字云南读平声。

昆明旅食忆旧：诗题为编者所加，原诗载《七载云烟》中，写于 1994 年 2 月 15 日，发表于 1994 年第 4 期《中国作家》，收入《汪曾祺全集》第六卷。汪曾祺对在昆明时吃的东西印象很深，写昆明的几篇文章大多都谈到了吃食。汪曾祺说："要我写，写在昆明吃过的东西，可以写一大本。"这决非夸大之词。

需要说明的是：上面的注解，都是汪先生自己写的，他"怕读者看不明白"，看了这些注解，差不多可以明白了；否则，什么为"养正气""试撩青"，不是昆明人，不在昆明生活过，还就真的一时搞不懂。汪老说此诗是"打油诗"，依我看，虽有"打油"的成分，但亦不乏工巧之处，如"重升肆里陶杯绿，饵块摊来炭火红""人间至味干巴菌，世上馋人大学生"，就颇见功力，饶有意趣。没有那样的生活阅历和仔细观察，没有娴熟的诗词技巧，哪能写得出来，写得如此精彩！

昆明的雨

莲花池外少行人，野店苔痕一寸深。
浊酒一杯天过午，木香花湿雨沉沉。

诗题为编者所加，诗载《昆明的雨》，写于 1984 年 5 月 19 日，发表于 1984 年第十期《北京文学》，收入《汪曾祺全集》第三卷。《花》一文中，亦引此诗，载 1993 年第 4 期《收获》，见《汪曾祺全集》第五卷。在汪曾祺书赠朱德熙的墨迹上，第一句与第二句互置。

此诗是怀旧之作。几十年后，汪曾祺对当时的情味犹萦回于心："我有一天在积雨少住的早晨和德熙从联大新校舍到莲花池去。看了池里的满池清水，看了着比丘尼装的陈圆圆的石像（传说陈圆圆随吴三桂到云南后出家，暮年投莲花池而死），雨又下起来了。莲花池也有一条小街，有一个小酒店，我们走进去，要了一碟猪头肉，半斤市酒（装在上了绿釉的土瓷杯里），坐了下来。雨下大了。酒店有几只鸡，都把脑袋反插在翅膀下面，一只脚着地，一动也不动地在檐下站着。酒店院子里有一架大木香花。昆明木香花很多。有的小河沿岸都是木香。但是这样大的木香却不多见。一棵木香，爬在架上，把院子遮得严严的。密匝匝的细碎的绿叶，数不清的半开的白花和饱涨的花骨朵，都被雨水淋得湿透了。我们走不了，就这样一直坐到午后。四十年后，我还忘不了那天的情味，写了一首诗（略）。

我想念昆明的雨。"想念昆明的雨，其实就是想念那时的情味，想念朱德熙。

　　汪曾祺本人对这首诗较为满意，曾书赠朱德熙，朱德熙将它装镜框放于房间里，如与老友朝夕相伴。此诗亦曾书赠湖南诗人弘征，弘征谓此诗"大可置诸宋人集中"，其誉如此（见《我与汪曾祺的诗缘》，载 1998 年 12 月 18 日《解放日报》）。清·冯煦于《蒿庵论词》中曾赞叹秦观之词作"其淡语皆有味，浅语皆有致"，汪老此诗，亦淡而有味、浅而有致也。

一束光阴付苦茶

水厄囊空亦可赊，①枯肠三碗磕葵花。②
昆明七载成何事？一束光阴付苦茶。

①我们和凤翥街几家茶馆很熟，不但喝茶、吃芙蓉
糕可以欠账，甚至可以向老板借钱去看电影。
②茶馆常有女孩子来卖炒葵花子，绕桌轻唤："瓜
子瓜，瓜子瓜。"

诗题为编者所加。原诗载《七载云烟》，写于1994年2月18日，
发表于1994年第4期《中国作家》，收入《汪曾祺全集》第六卷。
昆明，是汪曾祺青年时期生活得最久、接受影响最深，使他
成为一个有特色、有成就作家的地方。昆明影响了汪曾祺一生，
也成就了汪曾祺一生！汪曾祺之所以成为汪曾祺，昆明七年，是
一个关键。他认为：在七年中，"更重要的是使昆明学生接受了
民主思想，呼吸到独立思考，学术自由的空气，使他们为学为人
都比较开放，比较新鲜活泼。这是精神方面的东西，是抽象的，
是一种气质，一种格调，难于确指，但是这样影响确实存在。如
云如水，水流云在"。
汪曾祺写过一篇《泡茶馆》的长文，详细地回忆了当时一些
茶馆的状况和泡茶馆的情景："或问：泡茶馆对联大学生有些什
么影响？答曰：第一，可以养其浩然之气。联大的学生自然也是

贤愚不等，但多数是比较正派的。那是一个污浊而混乱的时代，学生生活又穷困得近乎潦倒，但是很多人却能自许清高，鄙视庸俗，并能保持绿意葱茏的幽默感，用来对付恶浊和穷困，并不颓丧灰心，这跟泡茶馆是有些关系的。第二，茶馆出人才。联大学生上茶馆，并不是穷泡，除了瞎聊，大部分时间都是用来读书的。联大图书馆座位不多，宿舍里没有桌凳，看书多半在茶馆里。联大同学上茶馆很少不挟着一本乃至几本书的。不少的论文、读书报告，都是在茶馆写的。有一年一位姓石的讲师的《哲学概论》期终考试，我就是把考卷拿到茶馆里去答好了再交上去的。联大八年，出了很多人才。研究联大校史，搞"人才学"，不能不了解了解联大附近的茶馆。第三，泡茶馆可以接触社会。我对各种各样的生活都发生兴趣，都想了解了解，跟泡茶馆有一定有关系。如果我现在还算一个写小说的人，那么我这个小说家是在昆明的茶馆里泡出来的。"

觅我游踪五十年

羁旅天南久未还，故乡无此好湖山。

长堤柳色浓如许，觅我游踪五十年。

写于 1991 年 5 月 11 日，发表于 1991 年第 8 期《女声》，收入《汪曾祺全集》第五卷。原文中第四句为"觅我旅踪五十年"当为"觅我游踪五十年。"根据有三。一、汪先生手书该诗，墨迹为游踪。二、按诗之平仄，游踪为宜。三、一首七绝二十八个字，一般不会出重字。重字，诗家之一忌也。觅我游踪五十年：化自清·龚自珍句。龚自珍《午梦初觉，怅然诗成》云："不似怀人不似禅，梦回清泪一潸然。瓶花帖妥炉香定，觅我童心廿六年。"诗题为编者所加。

羁旅：束缚、牵制于外地。

天南：泛指中国之南方地区。此处喻云南。

故乡无此好湖山：出自宋·苏轼《六月二十七日望湖楼醉书五绝·其五》。原诗如下："未成小隐聊中隐，可得长闲胜暂闲。我本无家更安往，故乡无此好湖山。"汪曾祺以此句入诗，贴切地表达了对云南、昆明的深厚感情和美好印象。

长堤柳色深如许：是描绘纵贯翠湖一条通道上的景色。汪曾祺回忆说："我记得这条道路的两侧原来是有很高大的柳树的。人行路上，柳条拂肩，溶溶柳色，似乎透入体内。"许，这样。

觅我游踪五十年：点题。"当然，可依恋的不止五十年前的旧迹！”（汪曾祺《觅我游踪五十年》）汪曾祺在《七载云烟》的末尾中写道："云南人对联大学生很好，我们对云南，对昆明也很有感情。""更重要的是使昆明学生接受了民主思想，呼吸到独立思考、艺术自由的空气，使他们为学为人都比较开放，比较新鲜活泼。"我想，这大概汪老依恋云南的深层次缘由吧。

犹是云南朝暮云

犹是云南朝暮云，笳吹弦诵有余音。
莲花池畔芊芊草，绿遍天涯几度春。

诗题摘自汪曾祺诗句。诗写于1987年，载先燕云《那方山水》（云南人民出版社1994年版）一书中《觅我游踪五十年——汪曾祺印象》。《汪曾祺全集》未载。

笳吹：喻歌舞活动，笳，乐器名。

弦诵：即弦歌，喻教育活动。《论语·阳货》："子之武城，闻弦歌之声，夫子莞尔而笑……"

芊芊：草木茂盛的样子。绿遍天涯几度春。此句甚佳，古人曾云："一篇之妙在乎落句。"（郭知达《九家集注杜诗》引赵彦材说）"以景结情最好。"（沈义父《乐府指迷》）这句正是以景结情，不说离开昆明之久，不写思念云南之情，却道"绿遍天涯几度春"，深得婉转蕴藉之韵味。

游　踪

九漈歌

漈水来天上，依山为九叠。

源流一脉通，风景各异域。

或如匹练垂，万古流日夕。

或分如燕尾，左右各一撇。

或轻如雾縠，随风自摇曳。

或泻入深潭，潭水湛然碧。

或落石坝上，淘然喷玉屑。

或藏岩隙中，窅如云中月。

信哉永嘉美，九漈皆奇绝。

　　《九漈歌》与以下之《水仙洞歌》《楠溪之水清》这三首诗均载《初识楠溪江》一文中，写于 1991 年 11 月 20 日。发表于 1992 年 1 月 9 日、23 日《中国旅游报》。收入《汪曾祺全集》第五卷。

　　漈：瀑布。

　　匹练：白绢，喻瀑布之美。如唐·颜真卿、王修甫《登岘山观李左相石尊联句》："远山明匹练。"唐·王周《过武宁县》："轻烟匹练拖。"唐·白元鉴《瀑布》："秋山匹练净。"

　　縠：质地轻薄透明，表面起皱的丝织物。雾縠即薄雾般的轻纱。此处用以形容瀑流。《全集》作毂，误。

　　淘：水击石之声。

窅：深远。

九漈在浙江永嘉，在楠溪江风景区大箬岩。林斤澜是北京作家，曾主编《北京文学》，是汪曾祺的多年老朋友、最要好的一对酒仙知交。林斤澜是温州人，1991 年，林斤澜邀约汪曾祺、邵燕祥、刘心武、姜德明、郑万隆、赵大年等作家去采风，汪曾祺回家后写了一篇《初识楠溪江》的散文，这首《九漈歌》与《水仙洞歌》《楠溪之水清》两首诗即载于此篇散文中。楠溪江之美，给汪曾祺留下了非常好的印象。他说："永嘉的出名是因为谢灵运。谢灵运曾为永嘉太守，于永嘉山水，游历殆遍。谢灵运是中国山水诗的鼻祖，那么永嘉可以说是山水诗的摇篮，山水之美可以想见。永嘉山水之美在楠溪江……我可以负责地向全世界宣告：楠溪江是很美的。"九漈，即九条瀑布，在永嘉大箬岩景区。汪曾祺叹道："像这样九级瀑布，实为平生所未见。九级瀑布不是一瀑九级，是九条瀑布。九瀑源流，当是一脉，但是一瀑一形，一瀑一景，段落分明，自成首尾。在二三公里、一二小时的游程中，能连续看到九瀑，全世界大概再也找不出来。"

《九漈歌》以六个"或"字作一系列的排比，分别描绘了瀑布的各种形态，"匹练""燕尾""雾縠""玉屑""云中月"，加之冠以"垂""泻""落""藏"等字，赋予了瀑布一种美感和动态，一种气势和活力，生动形象地证明了九漈的"奇绝"。

昔时，歌咏瀑布的诗很多，唐人诗中就有不少，其最著名的有李白之《望庐山瀑布水二首》《蜀道难》、张九龄之《湖口望庐山瀑布泉》、罗邺之《水帘》等，"飞流直下三千尺，疑是银河落九天"（李白）。"飞湍瀑流争喧豗，砯厓转石万壑雷。"（李白）"万丈红泉落，迢迢半紫气"（张九龄）"万点飞泉下白云，似帘悬处望疑真"（罗邺）等，都是人们所熟知的名句。汪曾祺之《九漈歌》力求不袭古人之窠臼，写出了自己的独特感受，别出新意，自铸新词，若"或轻如雾縠，随意自摇曳""或藏岩隙中，窅如云中月"此则前人所未曾道也，尤其是"藏"和"窅"字，来喻云中月、来形容瀑布幽深，殊见功力，从中亦可窥汪先生观察之细微，遣词之精妙。

水仙洞歌

往寻水仙洞，却在山之巅。
想是仙人慕虚静，幽居不欲近人寰。
朝出白云漫浩浩，暮归星月已皎然。
不识仙人真面目，只闻轻唱秋水篇。

皎然：明亮。

秋水：《庄子》中的名作。

水仙洞在"小三峡"景区。这是一个小山洞，其出名缘于一个当地的民间传说。传水仙是当地一名少女，经常为老百姓施药治病，后为仙。乡民为了纪念她，命名此洞为水仙洞，并设位以祀之。汪先生说："水仙洞不在水边，却在山顶。既在山顶，仍叫水仙。这是很有意思的。"所以，汪先生诗云："想是仙人慕虚静，幽居不欲近人寰。"《水仙洞歌》末尾两句，系从李白"不识庐山真面目，只缘身在此山中"化出，但意思特别。水仙在那里？真面目如何？谁人在轻唱？"只闻"二字，给全篇注入了一股灵气仙风，给人丰富的联想。古人曾云："结句须要放开，含有余不尽之意。"（宋·沈义父《乐府指迷》）《水仙洞歌》之结句，妙就妙在"含有余不尽之意"耳！汪曾祺先生是深谙此道的。他在《中国文学的语言问题》一文中说："语言的美，不在语言自身，不在字面上所表的意思，而在语言暗示出多少东西，传达了多大的信息，即让读者感觉、'想见'的情景有多广阔。古人所谓'言外之意''弦外之音'是有道理的。"

楠溪之水清

楠溪之水清，欲濯我无缨。
虽则我无缨，亦不负尔情。
手持碧玉杓，分江入夜瓶。
三年开瓶看，化作青水晶。

欲濯我无缨：濯：洗。缨：帽带子，此处泛指帽子。语出《孟子·离娄上》："有孺子歌曰：'沧浪之水清兮，可以濯我缨。沧浪之水浊兮，可以濯我足。'"

碧玉杓：碧玉，喻杓之美。杓，一种有柄的用以舀东西的器具。

分江入夜瓶：天黑时把江水灌入瓶中。汪先生一行在楠溪乘筏漂流，十分高兴，一直畅游到天黑。此两句化自宋·苏轼《汲江煎茶》中"小勺分江入夜瓶"句，喻江水极其清美。

古来讴歌水之清的诗极多。汪老此诗不袭陈言、另辟蹊径，以汲水贮瓶抒发对"清"之深爱，以化为水晶表述"清"的程度，这是别开生面、饶有情趣的。

楠溪江水之清，给汪曾祺带来了非常美好的感受，他在《初识楠溪江》上以诗人的激情写道："来吧，到楠溪江上来漂一漂，把你的全身，全心都交给这条温柔美丽的江。来吧，来解脱一次，溶化一次，当一回神仙。来吧！来！"这种"老夫聊发少年狂"的豪气和近乎广告词的语言，在汪老的诸多游记中是不多见的。

绍兴沈园

拂袖依依新植柳，当年谁识红酥手。

临流照见凤头钗，此恨绵绵真不朽。

诗载《汪曾祺全集》第八卷，写于何时不详。

沈园：在浙江绍兴市市区，为南宋时当地名园。传诗人陆游与前妻唐婉曾在此相遇，时陆已另娶，唐亦改嫁，陆游感慨万分，于园壁题下了著名的《钗头凤》词，唐婉得知后，亦和作一阕，不久郁然以没。今园尚存一角。陆、唐词作均镌刻于石。

沈园的故事是一个传唱千年的、人们熟悉的爱情悲剧。只要人间还有爱情，这一类的悲剧或多或少地总会上演二、三出；只要人间还珍惜爱情，沈园的诗词就会永远地流传下去。无论从构思立意或遣词择字方面，汪老此诗比较平实，未见新奇，惟"当年谁识红酥手"赋有余味。汪老是一位自信、自负的诗人，当然知道有关沈园诗作之妙品佳构。之所以仍写下了《绍兴沈园》，盖重在一"情"字耳，有几个诗人到沈园没有写下诗句呢？包括那些发表的和没发表的诗、那些写在纸上和留于心中的诗！

泰山归来

我从泰山归，携归一片云。
开匣忽相视，化作雨霖霖。

　　诗是汪曾祺参加泰山散文笔会后所写。时为 1991 年 7 月，以《泰山片石·序》发表于 1992 年《绿叶》创刊号。收入《汪曾祺全集》第五卷。诗题为编者所加。

　　此诗写得似乎很飘逸空灵。若不细细地看看《泰山片石》，恐怕难以认识这首诗。正如汪曾祺所云："写风景，是和个人气质有关的。徐志摩写泰山日出，用了那么多华丽鲜明的颜色，真是'浓的化不开'。但我有点怀疑，这是写泰山日出，还是写徐志摩自己？"汪曾祺这首诗，也可以说，写的是他自己。

　　泰山太大。汪曾祺坦言："我是写不了泰山的。"他写泰山，题目是"泰山片石"，文章之序写的是泰山的"一片云"，相对于泰山而言，汪曾祺所写之切入点何其微小也！汪曾祺这次在泰山待了七天，他在乱云密雾坐下来冷静想想后的收获是："更清楚地认识到我的微小，我的平常，更进一步安于微小，安于平常。"《泰山片石》，写了泰山云雾、泰山石刻、泰山野菜，写到了碧霞元君、秦始皇、汉武帝和担山人；内容很多，范围亦广，写情写景，或详或略。有的措辞很激烈，有的描述甚平淡。我实在搞不懂汪夫子为何以这四句诗为序。我以为，《泰山片石》是汪曾祺散文中情绪变化较大，反映思想复杂的一篇散文；这首诗是汪曾祺诗作中难懂的诗之一。它像一首禅诗，又似李商隐的无题，也许会有多种诠释、不同揣测吧，似乎总令人看不清、摸不准、参不透。

梁　山

远闻钜野泽，来上宋江山。
马道横今古，寨墙积暮烟。
旧址颇茫渺，遗规尚俨然。
何当觇杏帜，舟渡蓼花滩？

　　诗题为编者所加，诗载《菏泽游记》，写于1983年5月
6日，发表于1983年第11期《北京文学》。收入《汪曾祺全集》
第三卷。

　　1983年4月，汪曾祺从菏泽到梁山一游，并在梁山住了两日，
时梁山正规划修复水浒旧观。修复梁山规划小组同志请汪老题词，
汪老遂写了这首诗，谦称"俚句"。在《菏泽游记》中，汪曾祺说，
那时梁山已栽了很多树，还在本山修了断金亭。断金亭结构疏朗，
斗拱甚大，像个宋代建筑，以后还将陆续修建，想要把黄河水引过来，
恢复梁山旧观。不过这大概需要好多年。所谓"修复"也是能得其
仿佛。《水浒传》是小说，大部分是虚构，谁知道水泊梁山到底是
个什么样子呢？诗之颔联，诚佳句也，情景交融而文采斐然，真可
誉为"整炼工巧，流动脱化"（清·沈祥龙《论词随笔》句），尤
其是"横""积"二字，更得诗眼之妙。"何当觇杏帜，舟渡蓼花滩？"
写出了汪曾祺对修复梁山旧观的期待。

　　钜野：当地地名，即大野泽。钜，大也。

　　遗规：遗留下来的格局。

俨然：整齐的样子。

觇：察看。

杏帜：杏黄旗，《水浒传》中梁山忠义堂立有杏黄色大旗。

蓼花滩：当地地名。小说《水浒传》中梁山义军之水军大寨。

断　句

　　菏泽牡丹携不去，且留春色在梁山。

　　载《菏泽游记》，发表于1983年第11期《北京文学》，收入《汪曾祺全集》卷三。

　　菏泽牡丹是牡丹中的名种，明时已"甲于海内"。在荷泽时，当地支书送了一抱牡丹给汪曾祺一行，"菏泽的同志说，未开的骨朵可以带到北京，我们便带在吉普车上。不想到了梁山，住了一夜，全都开了，于是一齐捧着送给了梁山招待所的女服务员"（见《菏泽游记》）。"且留春色在梁山"，即指此事。

题漳州八宝印泥厂

天外霞，石榴花。
古艳流千载，清芬入万家。

该诗写于 1990 年正月，原载 1990 年 4 月 21、28 日《中国旅游报》所刊《初访福建》一文中，后收入《汪曾祺文集·散文卷》（江苏文艺出版社 1994 年版）。诗题为编者所加。

漳州八宝印泥厂：中国老字号名店。传创始于清康熙十二年（1673）。印泥由珍珠、玛瑙、麝香、琥珀、珊瑚、猴枣、梅片、艾绒这八种珍贵物品研制而成，色泽鲜艳，久不褪色，且雨天不霉、燥天不干、芳香四溢、入水如故，有国宝之誉，尤为书画界所珍。

1989 年 12 月，汪曾祺到福建漳州为鲁迅文学院函授学员讲课，这是汪曾祺第一次去福建，就此机会跑了福建的福州、漳州、厦门和武夷山等地。在参观漳州八宝印泥厂时，印泥厂备好纸墨请写字留念，汪曾祺遂写了这首诗。汪夫子自谓此诗是"顺口溜"，大概是因霞、花、家，俱顺口押韵，且通俗无蕴藉之故罢。

游桃花源三首

一

红桃曾照秦时月，黄菊重开陶令花。
大乱十年成一梦，与君安坐吃擂茶。

二

修竹姗姗节子长，山中高树已经霜。
经霜竹树皆无语，小鸟啾啾为底忙？

三

山下鸡鸣相应答，林间鸟语自高低。
芭蕉叶响知来雨，已觉清流涨小溪。

　　诗题为编者所加，诗载《湘行二记》，写于 1982 年 12 月 8 日，
发表于 1983 年第 4 期《芙蓉》。收入《汪曾祺全集》第三卷。
　　桃花源：位于湖南桃源县西郊，因晋诗人陶渊明所写《桃花
源记》《桃花源诗》而闻名天下。现有以陶渊明诗文命名之桃花观、
蹑风亭、挥月亭、水源亭、菊圃、集贤祠、缆船洲等景点，并有
历代名人题咏碑刻多方，为湖南著名旅游名胜。
　　红桃曾照秦时月：秦时月，指《桃花源记》中秦时人躲进洞

里避战乱事，此句喻这里有过这样的事。

黄菊重开陶令花：陶渊明爱菊，南朝·萧统《陶渊明传》："尝九月九日出宅，边菊丛中坐，久之，满手把菊，忽值王弘送酒至，辄便就酌，醉而归。"陶渊明亦有诗云："采菊东篱下，悠然见南山。"（《饮酒·五》）陶令，指陶渊明，陶曾为彭泽令。

一个"曾"字和一个"重"字，把古和今联系到了一起，溶进了历史的沧桑感和生活的喜悦感。

大乱十年成一梦：大乱十年，指"文革"十年；成一梦，已成为过去。

与君安坐吃擂茶："安坐"二字，用于此处，甚有意味，本来吃茶是应当安坐的，若不能安坐，则必与处境心境有关。此"安坐"上句之"大乱"，使大乱之苦和安坐之乐，形成了鲜明的对比，具有强烈的艺术感染力。擂茶：用茶叶、老姜、芝麻、米、加盐放在一个擂钵里，用硬杂木质的擂棒擂成细末，然后以开水冲泡饮用。

汪曾祺对这一首诗比较满意，也可以说是甚为得意。汪曾祺常挥毫书写此诗赠亲朋好友，邵燕祥、王充闾、弘征、陆华、陆建华等先生都曾得到过他手书此诗的墨宝。

弘征先生论云："（这首诗）虽然是即兴之作，未及推敲，然置身'世外桃源'，抚今追昔，回思'十年浩劫'的辛酸实寓意与秦人同慨！不是轻易能'做出来的'，这真是'过来人'的话，行家的话！"（见《我与汪曾祺的诗缘》，载1998年12月18日《解放日报》）正如诗论家叶橹先生所说："凡是入诗并被表现得深刻的心态，都是有了长期感受与思考而积累的。""如果你用'写实'的观点来对待它，可以说就完全彻底地破坏了它的诗意与诗美。它可以是来自某种瞬间的灵感，但所表现的意蕴却绝对源于不知反复感受和体验了多少次的一种情感和思绪。"（见《读诗偶得》，载《季节感受》，远方出版社 2001 年版）汪曾祺此诗亦是如此。

　　第二首为写实。汪曾祺在《湘行二记·桃花源记》中云："晚宿观旁的小招待所，栏杆外面，竹树萧然，极为幽静。桃花源虽无真正的方竹，但别的竹子都可看。竹子都长得很高，节子也长，竹叶细碎，姗姗可爱，真是所谓修竹。树都不粗壮，而都甚高。大概树都是从谷底长来的。为了够得着日光，就把自己拉长了。竹叶间有小鸟穿来穿去，绿如竹叶，才一寸多长。"小鸟啾啾为底忙，此句标致隽永。似不经意，却别有情韵。诗人当然不是在思考小鸟究竟在忙什么，为什么忙；而是诗人当时闲适心境的流露、恬然情绪的写照。

　　第三首亦为写实，写的是他"晨起，至桃花观门外闲眺，下起了小雨"时的情景。主要是以"声"的来表现山林晨雨的。鸡叫声、鸟叫声，雨打芭蕉声，小溪清流声，织成了一曲林雨晨曲——一曲轻盈悦耳的轻音乐。"鸡鸣""鸟语"，虽是早晨山林的景象，但上冠以"山下""林间"，下缀以"相应答""自高低"，便有了空间感和亲切感。诗的末句"涨"字也用得十分精当，体现出山中雨水从上向下汇流之状，且有动感，亦富有诗意。

游黄龙洞

索溪峪自索溪峪，何必津津说桂林。
谁与风光评甲乙，黄龙石笋正生孙。

诗题为编者所加。载《索溪峪》，写于 1988 年，发表于
1988 年第一、二期《桃花源》，收入《汪曾祺全集》第四卷。

1988 年 5 月，汪曾祺应邀参加在湖南常德召开的北岳通俗文
学讨论会。会后，汪曾祺漫游索溪峪，得《游黄龙洞》《游宝峰
湖》两诗，并于当时书赠风景区管理处。汪曾祺在《索溪峪》一
文中的话可作为是对该诗的注脚，汪曾祺说："下午，游黄龙洞。
这是一个新发现的溶洞。同游人中，有人说比桂林的芦笛岩还好，
有人说不如。因为管理处的同志事前嘱写一诗，准备刻在洞外壁
上，在车中想了四句：（略）第四句是说黄龙洞的石笋有一些还
正在成长，大有前途。这说的是风景，也说的是文学，是由前三
天的讨论而生的感想。"文中所说的讨论，是指会上对雅俗文学
的争论，汪曾祺认为："通俗文学不可轻视，比起雅文学（或称
严肃文学）并不低人一等，雅俗之间并无绝无界限，有一天也许
会合流的。"

石笋：溶洞中的一种外形如笋的碳酸钙淀积物体，淀积甚慢
但不断生成。

游宝峰湖

一鉴深藏锁翠微，移来三峡四周围。
游船驶入青山影，惊起鸳鸯对对飞。

诗载《汪曾祺全集》卷四《索溪峪》一文。诗题为编者所加。

鉴：镜子。此处借喻湖水之清。

翠微：山气青翠的样子。

此诗几乎是写实，但写得有灵气，动静结合，相得益彰。"锁"字甚工，衬托出湖水之清与山林之静。汪曾祺在《索溪峪》中写宝峰湖笔墨不多，但却很到位："湖在山顶，从外面是看不见的。拾级而上，才看得到。湖是人工湖，却无一点人工痕迹。湖周山峰皆壁立。湖水极清，山峰倒影，历历分明。湖中有鸳鸯。"此文可助我们对汪诗的理解和欣赏。

广西杂诗

桂林（一）

山皆奇特如盆景，水尽温柔似女郎。
山水真堪天下甲，桂林小住不思乡。

桂林（二）

谁人叠出桂林山，和尚石涛酒后禅。
大绿浓青都泼尽，更余淡墨作云烟。

桂林（三）

漓江水似碧琉璃，两岸连山处处奇。
如此风光谁道得，桂林虽好不吟诗。

桂林（四）

不到广西画石涛，东涂西抹总皮毛。
并非和尚画山水，乃是云山画石涛。

桂林（五）

描摹清景入新词，烟雨漓江欲霁时。
待寄所思无一字，桂林宜画不宜诗。

南宁（一）

遍地花开香豆蔻，沿街树种蜜菠萝。
邕州人物何清雅，日啖荔枝三百颗。

南宁（二）

芭蕉叶大荔枝红，香惹晨岚向晚风。
绿树窗前多不识，去来只惜太匆匆。

　　诗写于 1987 年 6 月，载 1987 年第 9 期《广西文学》，收入《汪曾祺全集》第八卷。其中写桂林的第一首和第五首又在《从桂林山水说到电视连续剧〈红楼梦〉》一文用过，发表在 1987 年第 10 期《北京文学》，当在《广西文学》之后耳。

　　1987 年，汪曾祺应首届漓江旅游文学笔会之邀去桂林，畅游之余，遂成广西杂诗。古今写桂林之诗，真可谓是汗牛充栋，佳作迭出，汪曾祺有当代文坛才子之誉，这可苦了他了。他说："离开广西时曾想用文字捉住漓江之游的印象，枯坐多时，毫无办法。"桂林之行，诗成几首，文章却未写一篇，这在汪老游踪上是不多见的，亦可见汪老之惜名也！

　　石涛（1642—1708）：明末清初时大画家。俗名朱若极，法名原济，一作元济，别号有大涤子、清湘老人、苦瓜和尚、瞎尊者等。工山水花卉，笔意画风独具一格，名重江淮，一时学者甚众。著有《石涛画语录》《石涛画谱》，后世画坛极为推崇、影响深远。

霁：雨雪止、云雾散。

豆蔻：亦称草果，多年生常绿草本植物，似芭蕉，形状可爱，唐·杜牧《赠别》诗有句云："娉娉袅袅十三余，豆蔻梢头二月初。"

菠萝：又名凤梨、番娄子，多年生常绿草木植物，色淡黄，味甘酸。

邕州：南宁之旧称。

日啖荔枝三百颗：出自宋·苏轼《老饕赋》："日啖荔枝三百颗，不辞长作岭南人。"

昔人讲究山水诗佳绝之处在求形神俱似，汪曾祺之桂林诗，颇得形神俱似之趣。桂林（一）以盆景喻桂林之山，以女郎喻桂林之水，拈出了桂林山水的风韵神采。古人虽有以女喻水者，如"嘉陵江水女儿肤，比拟春莼碧不殊"，但不尽相同，各有千秋也！

桂林（二）主要是写桂林山之美，汪老没有直接描绘桂林山的形状，而是借石涛之画赞叹桂林山之美。世人赞石涛之山水画韵味最浓，在于他以浓淡层次，虚实枯润的墨韵极尽山水烟云形态之妙。桂林之山"近山远山，重重叠叠，浓浓淡淡，彼此相望相携，相扶相依，连绵不断，而皆有特点，无一雷同"。"那天下了雨。烟雨漓江，更增画意。"（汪曾祺语）故汪曾祺借石涛的画山水画来喻桂林山之美，亦别具一格。

桂林（三）的落脚点在末句。汪曾祺认为"具体地重现风景，绘画要比文学更具优越性"。在桂林（四）的末句，汪曾祺又反复强调了这个观点。他坦诚地说："离开广西时想用文字捉住漓江之游的印象，枯坐多时，毫无办法。"邓拓也与这个观点相近，他在《桂林揽胜》的诗中也说："诗思万千消不尽，何如泼墨写云烟。"然而，他们也都写了诗，诗人游桂林而不留下一两首诗，大概是很少的吧。

　　桂林（四）亦是借说石涛，赞桂林山水之美。"不到广西画石涛，东涂西抹总皮毛"，是说要想画好山水画，一定要到广西，到桂林来。"乃是云山画石涛"，是说画家"师造化"之重要，"大块自有真面目在"（清·石涛语），正是山水之灵养育了画家，成就了画家。

　　《广西杂诗·南宁》二诗写的都是南宁的草木。汪曾祺喜欢看关于草木的书，也写了不少关于草木的文章，吴其浚的《植物名实图考》、王磐的《野菜谱》，他认真读过；更写过《人间草木》《故乡的野菜》《食豆饮水斋闲笔》《云南茶花》《马铃薯》《腊梅花》《紫薇》《关于葡萄》《昆明的果品》《昆明的花》《果蔬秋浓》……在他的笔下（画中）菏泽牡丹、泰山绣球、漳州水仙、天山塔松、皖南菊花、云南缅桂、昆明杨梅……无一不显得姣好而富有生气，无一不融入了艺术情趣和人间温情，无一不流露出对生命的珍惜与对生活的热爱。南宁二诗所体现的，不仅仅是他的草木情怀，更是他草木精神。

题云南玉溪烟厂

（一）

玉溪好风日，兹土偏宜烟。

宁减十年寿，不忘红塔山。

　　诗题系编者所拟。诗写于 1991 年 5 月 20 日，发表于 1991 年第 4 期《十月》《烟赋》一文中，收入《汪曾祺全集》第五卷。

　　风日：气候。唐·王维《汉江临眺》有句云："襄阳好风日，留醉与山翁。"红塔山：中国名烟，云南玉溪烟厂出品。

　　汪先生不仅是一位老烟民（从十八岁开始抽烟，到七十七岁去世，一直在抽），而且，是一位铁杆烟民，不！应当是金牌烟民，他曾斩钉截铁地宣称，平生有二件事不干，一是离婚，其二即是戒烟也！并且，他还是一位品烟、鉴烟的行家高手。他老先生自诩："对于抽烟，我可以说是个内行。打开烟盒，抽出一支，用手指摸一摸，即可知道工艺水平如何。""放在鼻子底下闻一闻，就知道是什么香型。"对于红塔山他以一字赞之，曰：醇！红塔山烟如此之佳绝，老先生又为顶级之知烟者、痴烟者，焉能舍之戒之？！故汪曾祺在诗后文末强调云："诗是打油诗，话却是真话！"

　　香港作家彦火说汪曾祺"烟、酒是他的第一生命，文学、书画才是他的第二生命"（见《独立自凌霄的汪曾祺》载《异乡人的天空》作家出版社 2006 年版），我以为是有一定根据的。汪明有一段精彩的描述：汪老"每天早上起床后，衣服还没穿整齐，烟已经叼在嘴里了，思考和写作的时候，手指间永远都夹着烟，就是在厨房做菜，有时也是边切菜边抽烟，还得腾出手来掸烟灰。他不能穿好衣裳，前襟和裤子上经常烧出一个个洞来，书桌上也留着烟头烫的焦痕……搬离蒲黄榆住处的时候，我们觉得爸的房间跟其他房间不大一样，细细一看，原来日日缭绕的烟雾已经把墙壁熏出了一个缕缕向上腾的黄褐色印迹，还很艺术"（《老头儿汪曾祺——我们眼中的父亲》）。

（二）

客从远方来，衣上云南云。
烟都留三日，举袂嗅余馨。

此诗见崔篱《云南心、红塔情》，载《红塔时报》第 741 期。《汪曾祺全集》未载。

此诗写于 1997 年，时汪曾祺应邀参加玉溪烟厂 40 周年厂庆，临别云南时所写。

衣上云南云：喻乘飞机至云南。

举袂嗅余馨：赞誉红塔山烟之醇香。《列子·汤问》："昔韩娥东之齐，匮粮，过雍门，鬻歌假食。既去，而余音绕梁欐，三日不绝。"

泼水归来

泼水归来日未曛，散抛锥栗入深林。
铓锣象鼓声犹在，缅桂梢头晾筒裙。

诗题为编者所加，载《滇游新记》，写于 1987 年 5 月 8 日，发表于 1987 年第 8 期《滇池》。收入《汪曾祺全集》第四卷。

1987 年 4 月，汪曾祺随作家访问团到云南，4 月 11 日、12 日分别参观了芒市和德宏州法帕区的泼水节活动。泼水节是傣历的新年，为云南傣族最重要、最热闹的传统节日。参加泼水的人，每人手里都提着一只小木桶，塑料的或白铁的，内装多半桶清水，水里还要滴几点香水，桶内插了花枝。泼水开始时，大家便用花枝蘸桶里的水互相洒，或在肩膀上掸两下，一边说着吉祥祝福的话，其中少男少女则是从洒到泼了，越是漂亮的，挨泼的越多，而挨泼的最多的则被认为是最有福气的。汪曾祺说得好：泼水节是少女的节，是她们炫耀青春、比赛娇美的节日。正是由于这些着意打扮，到处活跃的少女，才把节日衬托得如此华丽缤纷，充满活力。

曛：黄昏，傍晚。

锥栗：当地花名。

铓锣象鼓：傣族传统乐器名。在泼水时，人们敲响铓锣象鼓（全名象脚鼓）以示欢庆。

声犹在：声音还在萦回。汪曾祺对泼水节的铓锣象鼓之声很欣赏，以"极温柔"写其印象。可见偏爱之至。

缅桂：树名，即白兰花。

筒裙：云南傣族的一种民族服装。汪曾祺认为"傣族少女，着了筒裙，小腰秀颈，姗姗细步，跳起'嘎漾'（泼水节时跳的一种傣族舞蹈），极有韵致。"汪曾祺在《滇游新记》中写道："有一个少女在河边洗净筒裙，晾在树上。同行的一位青年小说家，有诗人气质，说他看了两天泼水节，没有觉得怎样，看了这个少女晾筒裙，忽然非常感动。"明眼一看就能猜度出来：这个有诗人气质的青年小说家，乃是有一颗年青心的诗人汪曾祺也！

这首诗在艺术上也有独到之处。汪曾祺虽没有从正面描绘泼水节之盛大喜庆，却从侧面反映出泼水节的热烈欢腾。诗中他借芒锣象鼓、筒裙、锥栗等这些具有民族特色和地方特色的事物，通过"散抛"（花束）、"声犹在""晾筒裙"这些细节暗示了泼水节时的色彩之缤纷，场面之热闹、泼水之尽兴。昔人曾盛赞唐白居易《宴散》中之"笙歌归院落，灯火下楼台"两句之妙，汪公此诗，不亦得其神韵乎？

成都竹枝词

成都小吃

十载成都无小吃，年丰次第尽重开。

麻辣酸甜滋味别，不醉无归好汉来（皆餐馆名）。

据汪曾祺云，这组《成都竹枝词》是在四川写的。1982 年 4 月，汪曾祺应四川作协之邀，"走了川西、川南、川中、川东不少地方"，"汽车中无事，'想'了二十四诗，后被《四川文学》拿去"，他说，"我发表旧体诗，也是头一回"。这组《成都竹枝词》（共四首，其它三首是《宜宾流杯池》《离堆》《宿万县》）是汪曾祺在 1982 年 5 月 19 日在致朱德熙的信中抄给朱德熙看的。收入《汪曾祺全集》卷八。

竹枝词：本是唐代四川、湖南、湖北一带的民歌，伴以笛声鼓声、舞之蹈之。刘禹锡贬四川奉节时闻之，始运用其曲调来创作诗歌。后渐广传神州，至清则风靡一时，最为繁盛，以其浓厚的生活气息和生动浅显的语言而傲立诗坛。

十载：指十年"文化大革命"。

次第：按次序、接着。

宜宾流杯池

山谷在川南，流连多意趣。

谁是与宴人，今存流杯处。

石刻化为风，传言难成据。

迁谪亦佳哉，能行万里路。

流杯池：在宜宾市郊江北公园内。宋元符元年（1098），诗人黄庭坚谪居于此，仿效王羲之兰亭曲水流觞的故事，凿石为池，饮酒酬唱，遂为一州之名胜。今池尚存，黄庭坚手书"南极老人无量寿佛"石刻及近百方历代名人题刻大都保存完好，池附近有涪翁楼、涪翁亭、涪翁岭、涪翁洞等遗迹或纪念性建筑，现已辟成流杯池公园。山谷：黄庭坚自号山谷道人。

《汪曾祺全集》"传言难成据"为"传言难或据"，"或"字误。

汪曾祺在这首诗里，较多地融进了自己，既是说黄庭坚，也是在说自己。流露了他对黄庭坚"流连多意趣"的欣赏和抒发了"迁谪亦佳哉"的特殊体会。汪曾祺自认是个"随遇而安"的人，在被整为右派期间，他在张家口沽源农业科学研究所的马铃薯研究所，每天在站里画马铃薯图谱，"没有领导，不用开会，就我一个人，自己爱自己"，他居然觉得"真是神仙过的日子"。甚至还说：他下放四年"真正接触了中国的土地，农民，知道农村是怎么回事。""我从农人那里学到许多东西。""这对我确定以后的生活态度和写作态度很有好处的。"

离　堆

都江堰有离堆，乐山有离堆，

截断连山分江水。

江水安流，太守不归。

江水萧萧如鼓吹，秦时明月照峨眉。

离堆：四川有两处，一处在都江堰，一处在乐山。为战国秦昭王时蜀郡守李冰率众所建之水利工程。都江堰之离堆位于城西，是人工凿开玉垒山而成。工程由鱼嘴、飞沙堰、宝瓶口三部分组成，鱼嘴为建于岷江江心的分水堤，形若鱼口，由此把岷江水分导流入内外二江，外江为岷江正流，内江经宝瓶口流入川西平原灌溉农田。飞沙堰在鱼嘴及宝瓶口之间，用于泄洪，调节由鱼嘴流来的水流量，避免过多涌入内江。宝瓶口是人工凿开玉垒山，引岷江水入内江的总入水口。乐山的离堆在市东乌尤山与凌云山之间。此处为沫水、青衣江、岷江汇流之处，水势湍急，舟行极险。李冰于此凿一衢道以分水势，遂化险为夷，变害为利。

秦时明月照峨眉：隐喻秦代的这一水利工程至今仍造福四川。峨眉，喻四川。

宿万县

岸上疏灯如倦眼，中天月色似怀人。
卧听舷边东逝水，江涛先我到夔门。

一、二两句极为传神，昔人诗词中，用倦眼者有之，对月怀人者有之，但喻疏灯如倦眼，月色似怀人却几乎尚无人及之，新颖别致。诗论家叶橹先生曾云："诗人所从事的对于语言文字的重新建构，从根本上说乃是对于事物的内在意味的重新寻求。我把这称为意味的增值。"（见《意味的增值》，载《季节感受》，远方出版社 2001 年版）读汪老此诗，颇有同感。江涛句：喻江水之急，船未至夔门，而水先到矣，李白曾有句云："两岸猿声啼不住，轻舟已过万重山。"汪老之"卧听舷边东逝水，江涛先我到夔门"，亦有异曲同工之处。

劫后成都

柳眠花重雨丝丝，劫后成都似旧时。
独有皇城今不见，刘张霸业使人思。

诗题为编者所加。原诗载《四川杂忆》一文中，发表于 1992
年第 8 期《四川文学》，收入《汪曾祺全集》第五卷。

汪曾祺在《四川杂忆》一文中说："我六十年代初、七十年
代、八十年代，都到过成都，最后一次到成都，成都似乎变化不
大，但也留下一些'文化大革命'的痕迹。最明显的原来市中心
的皇城叫刘结挺、张西挺炸掉了。"刘结挺、张西挺：刘结挺，
山东平邑人，"文革"中曾为四川省革委会副主任，成都军区副
政委，中共九届中央委员。张西挺，河南淮滨人，刘结挺之妻，
"文革"中为四川省革委会副主任，中共九届中央候补委员。因
"文革"中之诸多罪行，1982 年刘结挺被判有期徒刑 20 年，剥
夺政治权利 5 年，张西挺被判有期徒刑 17 年，剥夺政治权利 5 年。
刘张霸业使人思，使人思什么呢？刘张之霸，难道只是拆皇城么？
汪曾祺先生不明言，大家都明白。此即所谓"语尽而意不尽，意
尽而情不尽"也。

川行杂诗

题记：

今年四月，应作协四川分会及四川人民出版社之邀，往游四川；经川西、川南、川中、川东诸地。车中默数游踪，得若干首。聊记见闻而已，意不在诗。

新都桂湖杨升庵祠

杨慎升庵，新都人，状元及第，以议大礼流云南，死，以赭衣葬。桂湖其少年读书处也，今建升庵祠。

老树婆娑弄旧枝，桂湖何代建新祠？
一种风流人尚说，状元词曲罪臣诗。

《川行杂诗》见《汪曾祺全集》第八卷。《新都桂湖杨升庵祠》，这首诗写于 1987 年 3 月 21 日，发表于 1987 年第八期《北京文学》之《杜甫草堂·三苏祠·升庵祠》一文中。收入《汪曾祺全集》第四卷。四句有三句同，全诗如下：

桂湖老样弄新姿，湖上升庵旧有祠。
一种风流谁得似？状元词曲罪臣诗。

发表于 1997 年第 12 期《大西南文学》的《杨慎在保山》

一文中也有这首诗，（见《汪曾祺全集》第四卷），唯首句"老样"二字为"老桂"外，余皆同《杜甫草堂·三苏祠·升庵祠》，汪老曾有画赠笔者，其题句为"一种风流谁得似，状元词曲罪臣诗"。上述三诗孰为稿、孰为改稿、孰为定稿；现无资料辨别认定，但从中可证明一点：汪老对这首诗曾琢磨过、推敲过。从几次修改的异同来看，有七个字始终一字未易，即"状元词曲罪臣诗"。汪曾祺对升庵特有好感，对升庵的生活的悲剧性很同情，曾著文建议在保山"给升庵盖一个小小的纪念馆"，汪曾祺写道：杨慎到底犯了什么罪？"议大礼"。"议大礼"是怎么回事？我没有弄清楚。也不大容易弄清楚，因为《升庵集》大概不会收这篇文章。但是想起来不外是于当时的某种制度发表了一通讨论，杨升庵犯的是言论自由罪。依笔者愚见，非汪曾祺没有弄清楚也，乃不想说清楚也！他老人家连《康熙通志》里关于杨慎"以银铛锁来滇"的"银铛"都考证出来了（"银铛"乃"银铛"之误也，编者注），还考证不出"议大礼"是怎么回事？

　　此诗似平淡，其实很激烈。"一种风流谁得似？状元词曲罪臣诗。""杨升庵犯的是言论自由罪"（汪曾祺语，见《杨慎在保山》）。杨慎贬于保山时："遍游诸郡，所至携倡伶以随，曼猷欲求其诗不可得，乃以白绫作裓，遣服之。酒后乞诗，杨欣然命笔，醉墨淋漓，挥满裙袖，重价购归。杨知之更以为快！"事见《康熙通志》。然而，此种"放诞，正是痛苦的一种表现"（同上）。汪曾祺曾犯过言论自由罪，当了右派，效力军台，罪臣之遭遇心境，汪曾祺自有一番体会和感慨耳。汪曾祺于题记中云"聊记见闻而已，意不在诗"，现在看来，意不在诗诚是，聊记见闻却不尽然也！

大礼：指嘉靖三年，明世宗追尊生父兴献王为恭穆献皇帝立庙，并定生母为圣母章圣皇太后尊号事。杨升庵等朝臣议论礼仪有错，死谏力争。世宗大怒，谏争朝臣下狱、杖死多人。杨慎被贬官戍边。

赭衣：囚服。赭，赤褐色。《汉书·刑法志》："奸邪并生，赭衣塞路，囹圄成市。"

新　屋

新都、广汉、邛崃改变农村体制，农民富足，盖新屋者甚多，多为新式二层楼。新楼已成，旧草屋未拆，新旧对比，画出一幅八十年代中国农村大转折的图画。

改体兼营工副农，买砖户户盖新屋。
且留旧屋看三年，好画人间歌与哭。

《新屋》一诗之义，汪曾祺于诗首小序已明言，无须赘述。值得注意是，此诗反映出汪曾祺对中国农村大转折的关注与歌颂。汪曾祺似乎对政治没有兴趣，不大关心所谓国家大事，其实，他对事关"国计民生"之举还是相当在意的。此即一例也。

眉山三苏祠

三苏祠本苏氏宅，以宅为祠，东坡文云，"家有五亩之园"，今略广，占地约八亩。祠中有井，云是苏氏旧物，今犹清凉可汲。东坡离家时，乡民植丹荔一株，欲待其归来共食。东坡远谪，日啖岭南荔枝三百枚，竟未及与乡人一尝其乡中佳果也。旧植丹荔已死，今所见者系明代补栽，亦枯萎，正在抢救。

当日家园有五亩，至今文字重三苏。
红栏旧井犹堪汲。丹荔重栽第几株？

此诗曾载《杜甫草堂·三苏祠·升庵祠》一文中，发表于1987年第12期《大西南文学》，收入《汪曾祺全集》第四卷。《汪曾祺全集》第八卷载此诗末句为"丹荔重载第几株"，其"重载"当为"重栽"，想是校对之误耳。

"至今"二字，表达了"三苏"在中国文学史上的地位和影响、也反映了汪曾祺对"三苏"的推崇和敬仰。而"重栽"二字、则委婉地流露出作者对时光流逝的感叹。《眉山三苏祠》前二句工巧，"当日"对"至今"、（时序对）"家园"对"文字"（名词对）"五亩"地"三苏"（数词对）；第三句借景抒情，语义双关，第四句之设问，更见蕴涵，言外之意，令人寻思。"旧井犹堪汲"者，是谓此井水耶？还是另喻他事？陈匪石于《宋词举》中评周邦彦词"只说事实，于弦外得音，则超妙绝伦"，透过文字表面去揣摩品玩汪老此诗，也有耐人寻味之处在也！

过郭沫若同志旧宅

宅在沙湾场。瓦屋五进，颇低小。后有小园，隔墙可望绥山。园有绥山馆，是郭氏私塾，郭老幼年读书于此。"风笛""猿声"，郭老少年别母诗中词句。

风笛猿声里，峨眉国士乡。
绥山香不足，投笔叫羲皇。

郭沫若（1892—1978），四川乐山人。著名诗人、作家、书法家、学者、社会活动家。"五四"时期从事革命文艺活动，1926年参加北伐战争，新中国成立后历任政务院副总理、人大常委会副委员长、政协副主席、中国科学院院长等。主要著作有诗集《女神》、历史剧《屈原》《蔡文姬》、学术著作《青铜时代》《奴隶制时代》《甲申三百年祭》等，有《沫若文集》行世。其旧宅在四川乐山市东沙湾场正街，是一座三进中式木构小四合院与一个小后园。郭诞生于此。

绥山：当地山名，即峨眉山第二峰。

国士：国家之杰出人物。《史记·淮阴侯列传》："诸将易得耳，至如信者，国士无双。"

羲皇：指伏羲氏。喻闲适之人隐士。晋·陶潜《与子俨等疏》："尝言五六月中，北窗下卧，遇凉风暂至，自谓羲皇上人。"

北温泉夜步

又傍春江作夜行，征尘洗尽一身轻。
叶密树高好月色，竹闲风静让泉声。
一处杜鹃啼不歇，何来桔柚散浓馨。
明朝又下渝州去，此是川游第几程？

北温泉：位于重庆市北碚郊区，重庆著名园林名胜之一。泉水温度为 32℃—37℃，为旅游观光，休闲度假之胜地。园林中清泉瀑布，深壑熔岩，苍松翠柏，风景十分优美，园内尚存明清所建之大佛殿、接引殿等古寺刹及所供佛像，更增添了园林的古色古香、古风古韵。

渝州：重庆之别称，重庆一带地区，唐属渝州。

首句首字之"又"，表明曾来过此处，汪曾祺在改《红岩》剧本时，曾于北温泉住了十来天。

一身轻：可见诗人此时心情极好。竹闲风静让泉声，一个"让"字既反衬了"竹闲风静"，又衬托了"夜晚"之幽静，说明了诗人体察之细微和遣字之精到。

"一处"与"何来"俱写出了"夜"之情景，唯其夜之静，才能明确杜鹃啼为"一处"，而桔柚之浓馨却不能辨"何来"矣。

此是川游第几程？生动地写出了表达了诗人对行程的关注，反映出诗人在旅途已有时日了。当然，汪老岂能不知道行程的安排，如此设问，既写出了夜步之闲适，又写出了对旅程的满意。也和"一身轻"相呼应。清·沈德潜于《说诗晬语》中谈到诗的三种结尾，其中有"宕出远神"一种，汪曾祺此之设问，即"宕出远神"之法也。

初入峨眉道中所见

乱石丛中泉择路，悬崖脚底豆开花。
红衣孺子牵黄犊，白发翁婆卖春茶。

豆开花：此乃记实。汪曾祺在《四川杂忆》一文中开头就说："四川的气候好，多雾，雾养百谷；土好，不需要怎么施肥。在一块岩石上甩几坨泥巴，硬是能长出一片胡豆。这不是夸张想象，是亲眼目睹。我们剧团的一个演员在汽车里看到这奇特情景，招呼大家：'来看！石头上长蚕豆！'"

孺子：小孩。

黄犊：小黄牛。

全诗以"择""开""牵""卖"四个字分别描述所见物，人的动态，用"红""黄""白""绿"（春茶）四个字具体写出了所见物、人的色彩，为读者描绘了一幅电视图景———幅有声有色、有动有静、有近有远的峨眉春色图。

自清音阁至洪椿坪

路依山为栈，山以树为形。
琴声十二里，泉水出山清。

清音阁：位于峨眉山牛心岭下，为峨眉山十景之一。岭东之白龙江与岭西之黑龙江于此会流，十分壮观。

洪椿坪：位于峨眉山，为山中最佳避暑胜地，峨眉十景之一。四周秀峰层叠，两侧深谷涧溪，古木茂盛，林岚飘浮。

琴声：形容泉水流淌声之美妙。

汪先生认为：峨眉山风景最好的地方，是由清音阁到洪椿坪的一段山路。"路依山为栈"，写路之难；"山以树为形"，状树之盛。"琴声十二里"，喻水之听觉美，"泉水出山清"，说水之视觉美。

宋·葛立方曾誉"陶潜、谢朓诗皆平淡有思致"，并进而论云："平淡而到天然处，则善矣。"（《韵语阳秋》卷一）汪曾祺《自清音阁至洪椿坪》，亦有此余韵。以琴声喻泉水流动之音，昔人已有此比，但汪先生后缀以"十二里"则仿佛给读者提供了一聆听琴音的"时段"，使读者有了"欣赏"的空间。同时"十二里"之泉水流程之长，也切合了诗题的"自"与"至"。全诗无典故，无炫词，明白如话，然其佳处即在此"平淡有思致"也！

宿洪椿坪夜雨早发

山中一夜雨，空翠湿人衣。
鸣泉声愈壮，何处子规啼？

此诗有唐人诗之韵味。"山中一夜雨""空翠湿人衣"分别用唐·王维《送梓州李使君》和《山中》两诗中句,粘合得天衣无缝,恰到好处。"鸣泉声愈壮",夜雨之故也。而"何处子规啼"则是早发之故也。似不经意,实已点题矣。

媚态观音

> 媚态观音,静美如好女子。
> 虽吴生手笔,难画其肌体。
> 像教度人,原有两种义。
> 或尚威慑,使人知所畏惧。
> 或尚感化,使人息其心意。
> 威猛慑人难,柔软感人易。
> 迩后佛像造形,遂多取意于儿童少女。
> 少女无邪,儿童无虑,
> 即此便是佛意。
> 我于是告天下人:
> 与其拜佛,不如膜拜少女!

载 1982 年第 3 期《海棠》,收入《汪曾祺全集》卷八。当是 1982 年看了四川大足石刻佛像后写的。

媚态观音:观音像之一种,貌如少女,体态姣好,故民间俗称为媚态观音。在《旅途杂记·伏小六·伏小八》中和《四川杂忆·大足》中,汪曾祺曾论及媚态观音,他说:"数珠手观音被称为媚态观音,全身的线条都非常柔软。""'媚态观音'像一个腰肢婀娜的舞女。不过'媚态'二字不大好,说得太露了。"他认为:大足石刻"其特点是清秀潇洒,很美,一种人间的美,人的美。"

　　吴生：指吴道子（约680—759），又名道玄，今河南禹县人，唐代大画家，有画圣之誉。玄宗时授以"内教博士"，官宁王友，居宫廷作画，尤长于佛道人物，其画风对后世影响很大。

　　像教：佛教之别称。《西域记·序》："慧日沦影，像化之迹东归。"《唯识述记·序》："汉日通晖，像教宣而遐被。"膜拜：跪在地上举双手行礼，喻非常虔诚地崇拜、敬礼。汪曾祺谓"与其拜佛，不如膜拜少女"，是膜拜其"无邪"，也是膜拜"人间的美，人的美"耳！

天池雪水歌

明月照天山，雪峰淡淡蓝。

春暖雪化水流澌，流入深谷为天池。

天池水如孔雀绿，水中森森万松覆。

有时倒映雪山影，雪山倒影明如玉。

天池雪水下山来，欢笑高歌不复回。

下山水如蓝玛瑙，卷沫喷花斗奇巧。

雪水流处长榆树，风吹白杨绿火炬。

雪水流处有人家，白白红红大丽花。

雪水流处小麦熟，新面打馕烤羊肉。

雪水流经山北麓，长宜子孙聚国族。

天池雪水深几许？储量恰当一年雨。

我从燕山向天山，曾度苍茫戈壁滩。

万里西来终不悔，待饮天池一杯水。

诗载《天山行色》中，写于 1982 年 9 月至 10 月，发表于 1983 年第 1 期《北京文学》，收入《汪曾祺全集》第三卷。

澌：流冰。《楚辞·九歌·河伯》："与女游兮河之渚，流澌纷兮将来下。"

馕：古名胡饼或炉饼。新疆传统食点。用面粉、羊肉、糖、洋葱、清油、牛奶、鸡蛋等烤制或油煎成的圆饼。品种繁多，有肉馕、油馕、糖馕等。体积大小各异。维吾尔族人常把最大和最小的馕摆成一个塔形放在桌子中间，用来招待客人。

　　燕山：山名，在河北省，此处喻北京。宋时北京称宛平，属燕山府。

　　1982 年 9 月，汪曾祺有新疆之行。天池、天山、赛里木湖、大戈壁、火焰山、葡萄沟……给汪曾祺留下了非常美好的印象。在汪曾祺的游记类散文中，《天山行色》是比较长的一篇了。《天池雪水歌》和《早发乌苏望天山》《经霍尔果斯途中望天山》《雨晴，自伊犁往尼勒克车中望乌孙山》这四首诗也都在这篇散文中。《天池雪水歌》首四句写雪水之源，第五至第十二句写雪水之美，第十三句至第二十句写雪水之用，第二十一、二十二句写雪水之量，结尾四句可概括为雪山之赞。结句有别趣，比直白赞美词句更赋情感，更有韵味。诗中运用排比和重叠的句式，反复咏唱赞美雪水，大大地增强了诗的抒情性与艺术感染力。

早发乌苏望天山

苍苍浮紫气，天山真雄伟。
陵谷分阴阳，不假皴擦美。
初阳照积雪，色如胭脂水。

陵谷：山谷。

假：借用。

皴擦：中国画的一种技法。诗中紫气与胭脂相呼应，初阳与早发而契合。

汪曾祺在《天山行色》中写道："天山大气磅礴，大刀阔斧。一个国画家到新疆来画天山，可以说是毫无办法，所有一切皴法，大小斧劈、披麻、解索、牛毛、豆瓣，统统用不上。""自乌鲁木齐至伊犁，无处不见天山。天山绵延不绝，无尽无休，其长不知几千里也。天山是雄伟的。"

往霍尔果斯途中望天山

天山在天上，没在白云间。
色与云相似，微露数峰巅。
只从蓝襞褶，遥知这是山。

襞褶：衣服上的折叠。

雨晴，自伊犁往尼勒克车中望乌孙山

一痕界破地天间，浅绛依稀暗暗蓝。
夹道白杨无尽绿，殷红数点女郎衫。

此诗写得很美，诗人之笔由远及近，从高向低，点染着浅绛、暗蓝，偕苍绿、殷红诸色，如将一幅优美山水画展现于读者眼前。

不尽长河绕县行

山形依旧乌孙国，公主琵琶尚有声。
至今团聚十三族，不尽长河绕县行。

诗载姜文定、陈其昌主编之《走近汪曾祺》，《汪曾祺全集》
未载，诗题为编者所加。此诗当作于1982年汪曾祺新疆行旅之际。

乌孙：古族名，汉时聚居于今新疆伊犁一带地区。

公主：皇帝之女。汉武帝时，曾两次以宗室女为公主嫁乌孙
国王。以"公主琵琶尚有声"，喻民族团结，颇有新意。

人间仙境花果山

刻舟胶柱真多事，传说何妨姑妄言。
满纸荒唐《西游记》，人间仙境花果山。

此诗《汪曾祺全集》未载，见 1997 年 1 月 8 日《连云港日报》。
刻舟：喻拘泥刻板，不知变通。语出《吕氏春秋·察今》：
"楚人有涉江者，其剑自舟中坠于水。遽契其舟，曰：'是吾剑
之所以坠。'舟止，从其所契者入水求之。舟已行矣，而剑不行，
求剑若此，不亦惑乎？"
胶柱：喻拘泥固执，不会适变。语出《史记·廉颇蔺相如列
传》："蔺相如曰：'王以名使括，若胶柱而鼓瑟耳。括（赵括）
徒能读其父书传，不知合变也。'"柱，弦乐器上调节弦的张弛、
声音高低的转动之物，若用胶将柱粘死，则柱不能动，声调也不
能变化了。赵括为赵国大将赵奢之子，熟读兵书，能谈兵法，但
不知变化，不切实用，被赵王任为大将以替廉颇，结果长平一战
大败，损兵四十五万之多。
姑妄言：姑，暂时，姑且。妄言，随便说说。不一定有根据的话。
语出宋·叶梦得《避暑录话》卷上："有不能谈者，则强之说鬼，
或辞无有，则曰：'姑妄言之。'于是闻者无不绝倒。"

天泉洞

泉来天外，天在地底。
千奇百怪，岂有此理。

据贾子谦散文《神奇绝世天泉洞》。《汪曾祺全集》未载，诗题为编者所加。

1982 年 4 月，汪曾祺应四川作家协会之邀至蜀南等地，此诗为他于天泉洞游览时所作。

天泉洞，位于四川兴文县石林景区，是我国天然游览长度最大的溶洞，长达 2000 米，面积达 8 万多平方米，洞口大厅宽 60 米，高 30 米，面积比一个足球场还大，可容万人之众。洞分五层，层层相通，洞中有洞、洞下有洞；并有阴河穿流其间，各种钟乳石岩溶千状万态；天泉飞流直下，溅玉洒珠；栈道顺岩横挂，绝壁凌空。洞内外还有保存完好的岩画、石城堡及僰人悬棺等遗迹。

这是汪曾祺诗作中最短的一首。前三句皆写景，末一句抒情，十六个字灵动、潇洒、俏皮、风趣。岂有此理，其实是一句高度赞誉的话。汪曾祺喜欢用这样的词表达他对某种事物所爱之深，或形容某种事物其美之殊。如他说新疆赛里木湖之蓝，是"蓝得奇怪，蓝得不近情理"（见《天山行色》），说："芙蓉是灌木，永嘉的芙蓉却长成了大树，真是岂有此理！"（见《初识楠溪江》）"岂有此理"一句，是诗的妙处所系，神气所在，读之令人会心一笑，拍案叫绝。

据说，汪老的这首诗已被苗族少女于导游时引用，并载人《兴文县志续编·艺文志》，可见诗的魅力和影响。曾见过一组照片，在当地举办的旅游活动上，一大群穿着当地少数民族服饰的少男少女，他们簇拥着四个大型横幅，横幅上写的就是汪老的这四言诗，一条横幅上一句。

汪曾祺在《初识楠溪江》一文中论及陶弘景时曾感叹道："一个人一生留下这样四句诗，也就可以不朽了。"这四句诗他曾多次引用并书赠他人，诗题为《诏问山中何所有》，句为：

> 山中何所有？岭上多白云。
> 只可自怡悦，不堪持赠君。

汪曾祺为天泉洞也留下了诗，这是天泉洞之幸。有文章说，这首诗是汪曾祺伫立于天泉洞的一座石桥上脱口而出，吟咏而成的。在这激发诗人灵感、孕育诗人佳构的地方，我想，应当又有好诗诞生了吧！

石林二景

肖牧童岩

牧童坐高岩，吹笛唤羊归。
一曲几千载，羊犹不下来。

肖夫妻岩

丈夫治行李，势将远别离。
叮咛千万语，何日是归期？

　　十余年前曾游石林，见诸景皆酷肖，非出附会。今足力已衰，不复能登山矣，怅怅。

　　　　　　　　　　　　　　一九九七年四月汪曾祺

　　《石林二景》为汪先生之女汪朝女士所惠示。《汪曾祺全集》未载。诗作于 1997 年 4 月，可谓是汪先生最后的诗作。是汪朝在整理汪老的遗物时发现的。

　　石林，位于四川兴文县石林镇世界地质公园。石林分石海、石林、溶洞三部分，方圆达十余公里，景点甚多，千奇百怪，具广西桂林溶洞之美、云南路南石林之秀。肖牧童岩、肖夫妻岩是令游客叹为观止、流连忘返的两个景点。

　　肖：似，象。犹：还，仍然。治：处理某个事情。叮咛：反复地告诉对方。

　　二诗前二句写景，后二句抒情；虽明白如话，通俗易懂，但却富于情味，饶有诗意。"一曲几千载，羊犹不下来"，在诗人的心中、眼里，石头已赋予了生命，石头就是牧童，就是羊；而"叮咛千万语，何日是归期"，更给石头赋予了人的感情。从而，也反衬出"石林二景"之"肖"，正由于"肖"，才能触发汪老之情，引出汪老之诗。

　　品读这首诗，我们千万不要忽略掉汪老的诗后小跋。正是这个跋，使我们能够揣摩出《石林二景》的不尽之意、诗外之旨。汪老所"怅怅"者，固然是缘于"今足力已衰，不复能登山矣"，但更为"怅怅"者，乃"心力"耳！所谓"羊犹不下来""何日是归期"，在某种程序上，也是汪老当时"怅怅"心态的反映，"怅怅"情绪的流露！其中所蕴涵着诗人一种深层次的感慨，令人读来也不禁为之怅怅！

　　足力已衰，不复登山，对于汪曾祺来说，这是他七十岁以后的事。六十九岁时，他还上了一趟武夷山，尽管感到心脏有负担，上山比年轻人要慢些，但还是登上了绝顶仙游峰。这使他颇为得意，其生命力旺盛给他带来的喜悦，在一些文章中溢于言表。可是，自肝脏不好、食道静脉曲张后，他身体就明显差了下来。1995年10月，汪曾祺应温州市瓯海区之请，至瓯海采风，所去之作家都去爬了一次号称"西雁荡山"的泽雅山，"唯独汪曾祺不能爬山了"，"他（汪曾祺）和夫人逗留山脚。他坐在'深萝漈'边上的竹楼里，看白练瀑布，看翡翠潭水"。参与接待他们一行的浙江作家程绍国还注意到："汪曾祺这回很虚弱，脸更黑了，走路已不踏实，宾馆外出时，几次是我（程绍国）蹲下把他的鞋带给系上。"（见程绍国《林斤澜说》）时为温州市文联主席的刘文起先生也"发现他老态多了，背勾得更厉害，头发更白，脸色更黑，痰音更重，眼睛虽仍是又大又意，只是不大转动，有时愣愣地看着一处，走路还要搀扶"（见刘文起《生命的丰碑——悼曾祺师》，载 1997 年 7 月 17 日《文学报》）。

到了汪老写《石林二景》之时，用作家叶橹的话说，"他的确是'老'了"。"我（叶橹）明显地感受到他目光凝滞，言语也不那么利索，特别令我心生不祥之感的是他脸部迹近猪肝色，几与黑人相近"（见叶橹《"汪味"点滴》载《永远的汪曾祺》，上海远东出版社 2008 年版）。白桦在《假我十年闲粥饭——送别汪曾祺老兄》一文中也说："这次和曾祺老兄见面，我注意到他的脸色比以前更黑了，……我有些忧虑，曾对邵燕祥说起。燕祥也感觉到了。"（见《永远的汪曾祺》）

此次四川之旅，作家一行有石林之游，而他却不能登山，只能忆"十余年前曾游石林"之情景，汪老能不怅怅？！而由于健康欠佳的原因，致使写完《聊斋新义》、写出长篇历史小说《汉武帝》等一系列创作打算未能如期实现……汪老能不怅怅？！让我们记住这《石林二景》吧，记住这"怅怅"吧。

楹　联

题高邮王氏纪念馆

一代宗师，千秋绝学；
二王余韵，百里书声。

联载《他乡寄意》一文，写于1986年，见《汪曾祺全集》第四卷。

高邮王氏纪念馆：位于市区，为纪念清代音韵训诂学家王引之父子而建。原为王氏故居，1983年起陆续整修并开放。王氏父子是清代嘉学派的代表人物、小学的集大成者、经学通儒，其著作《广雅疏证》《读书杂志》《经义述闻》《经传释词》，世称《高邮四种》，为中国语言学的里程碑，至今尚无人能超越其成就。1986年汪曾祺回乡，特地与夫人施松卿一起去纪念馆参观。

宗师：在学术、学问上有重大成就，受人尊崇的人。

绝学：独到的成就，学术上的顶峰。

百里书声：喻文化教育之普及和兴旺。

这首诗表达了对于乡贤的敬仰和"对于乡人的期望"。(见《他乡寄意》)

题高邮文游台

拾级重登，念崇台杰阁、几番兴废，千载风云归梦里；
凭栏四望，问绿野平湖、何日腾飞，万家哀乐到心头。

此联《汪曾祺全集》未载，见金实秋《梦断菰蒲晚饭花》，发表于 2002 年第 11 期《中华散文》。

拾级：升阶历级。

崇台杰阁：形容文游台之高峻突出。

万家哀乐到心头：化自清·陈大纲题湖南岳阳楼联，联文为："四面湖山归眼底，万家忧乐到心头。"又毛泽东秘书田家英亦有诗句云："四面青山来眼底，万家哀乐到心头。"

汪曾祺曾去过岳阳楼并写过《岳阳楼记》。他认为，范仲淹《岳阳楼记》中的"'先天下之忧而忧，后天下之乐而乐'，这两句话哺育很多后代人，对中国知识分子的品德的形成，产生了极其深远的影响"。

题兰亭

岂敢班门弄斧，何妨曲水流觞。

联题为编者所加。联写于1995年，发表于费振钟《看汪先生写字》一文中，原载1995年6月5日《扬子晚报》。《汪曾祺全集》未载。

1995年，浙江省文联举办"吴越风情小说"研讨会，汪曾祺与会。会后，汪曾祺专程游览了鲁迅纪念馆、兰亭等处，此联为汪曾祺即兴撰写于兰亭。

兰亭：位于浙江绍兴市西南兰渚山下。为东晋大书法家王羲之撰书《兰亭集序》之处。现存建筑和园林大多是明嘉靖后重建，1980年后曾几次全面整修。现有纪念王羲之王右军祠，唐宋以来书法家摹刻之《兰亭序》碑刻等古迹。

班门弄斧：喻在行家面前卖弄本领，不自量力。班，鲁班，即公输般，春秋末战国初鲁国的巧匠。宋·欧阳修《与梅圣俞书》："昨在真定，有诗七八首，今录去，班门弄斧，可笑可笑。"

郢：指楚国郢都的巧匠。唐·柳宗元《王氏伯仲唱和诗序》："操斧于班、郢之门，斯强颜耳。"

曲水流觞：喻文人雅集宴饮。古人于三月上巳日（魏以后定为三月三日），宴集于弯曲的流水旁，在上游放置酒杯，往其顺流而下，止于某处，则其人取而饮之。晋·王羲之《兰亭集序》："此地有崇山峻岭，茂林修竹，又有清流激湍，映带左右，引以为流觞曲水，列坐其次。"

题武侯祠

先生乃悲剧人物，三国无昭然是非。

见金实秋辑注《三国名胜楹联》，黄山书社1993年版。《汪曾祺全集》未载。

这是汪老应笔者之请题撰的。1992年，我在编辑《三国名胜楹联》的过程中，邀约了全国一些文化名流为三国名胜遗迹撰联。在此前，我曾和汪老闲谈中侃过四川成都武侯祠的对联，因亦函请他为武侯祠撰联。他颇犹豫，回信说："四川方面并没有请我写，这怎么好意思。"为了争取汪老撰联，我赶忙又去一信，附上部分当代人的题撰，说明编书目的是为了体现当代人对三国这段历史人和事的思考，使读者从中得到心的领悟、智的启迪、情的共鸣和美的愉悦，先生是撰联高手，应有佳构让读者分享云云。不久，汪老便寄来了此联。此联看似平淡无华，然而却凝重精警。时为中国楹联学会会长的马萧萧先生叹曰：大手笔也！

关于诸葛亮的对联，佳作很多，但如此言简意赅，别有见地的神品，极少。此联高明之处就在于立意高而蕴涵深。明·唐顺之曾云："须有一段不可磨灭之见，然后能剿绝（指超越）古今，独立物表。"汪曾祺此联卓尔不群，正是由于其"不可磨灭之见"也。短短十四个字所体现出的对历史的卓识洞见和对诸葛亮的同情叹惜，耐人咀嚼而令人神远！

1994年6月，汪曾祺在江苏省戏剧学校讲学时曾与论过诸葛亮。他说："诸葛亮这个人，是个伟大的政治家、军事家，他一生的遭遇很有戏剧性。大家都知道他的一句名言：'鞠躬尽瘁，死而后已。'这是两句很沉痛的话，他是在一种很困难的环境中，去从事几乎没有希望的兴国事业的，本身就带有很大的悲剧性。"

汪曾祺去过成都武侯祠。武侯祠给他留下很好的印象。"我还是很喜欢现在的武侯祠。武侯祠气象森然，很能表现武侯祠的气度。这是我所到过的祠堂中最好的。""武侯祠的楹联多为治蜀的封疆大员所撰写，不是吟风弄月的名士所写，这增加了祠的典重。毛主席十分欣赏的那副长联：'能攻心则反侧自消，从古知兵非好战；不审势即宽严皆误，后来治蜀要深思。'确实写得很得体，既表现了武侯的思想，也说出撰联大臣的见识。在祠堂对联中，可算是写得最好的。"（见汪曾祺《四川杂忆》）汪曾祺看过武侯祠的联，也知道毛主席所欣赏的这一副联就在武侯祠悬挂着，但仍应编者所请写了这副联。可见此联乃先生深思熟虑之作，似有心与它联媲美耳！如先生之《湘行二记》之《桃源记》《岳阳楼记》，不过一为联、一为文也！

题云南施甸文笔塔

塔涌劫灰后，文雄边嶂南。

庚午夏

　　此联撰于 1992 年 8 月，见施甸农业信息网。《汪曾祺全集》未载。联题为编者所拟。

　　文笔塔：位于施甸县曲旺，始建于清光绪十六年（1890），毁于 1967 年"破四旧"之时，1988 年重建，比旧塔增高 8 米，全塔四层 26.8 米。第一层为正方形，第二层为六方形，第三层为圆锥形，第四层为塔尖，塔形如笔，故曰文笔塔。

　　劫灰：天灾人祸毁坏后之残迹。《高僧传·竺法兰》："昔汉武帝穿昆明池底，得黑灰，以问东方朔。朔云：'不知，可问西域胡人。'后法兰既至，众人追以问之。兰云：'世界终尽，劫火洞烧，此灰是也。'"此处喻"文化大革命"。

　　文笔塔联是应当地政府、文联之邀所写的。汪老对此事很认真。此联由云南屠燹昌先生带交的。汪曾祺对屠燹昌说："前天写这字（指文笔塔联，编者注）把我累出一身大汗，今天都还没有恢复过来。"（见屠燹昌《怀念汪曾祺》，载 1997 年第 8 期《滇池》）

题云南武定正续禅寺

皇权僧钵千年梦，大地山河一担装。

　　联题为编者所加。联撰于 1987 年 4 月 30 日，发表于 1987
年第 12 期《大西南文学》之《建文帝的下落》一文中，收入《汪
曾祺全集》卷四。

　　正续禅寺：位于云南武定狮子山。明初朱棣谋取帝位，攻占
帝都南京，建文帝朱允炆下落不明，传曾流亡至正续禅寺为僧。
汪曾祺联即谓此事也。汪曾祺认为："建文帝的下落是一个谜。
《明史》只说：'城破，宫中火起，帝不知所终。''不知所终'，
留下一个疑案。他当时没有死，流亡出去，是有可能的。但是是
不是经湖广，到云南，并无确证。至于是不是往来滇西一带，又
常常在正续禅寺歇足，就更难说了。"所以，汪曾祺除用隶书写
了这一副对联外，还用行书写了四个大字的横批：是耶非耶。

题红塔山电视台

声闻玉水，文绣丹山。

联语载《红塔时报》第 741 期崔篱《云南心、红塔情》一文。《汪曾祺全集》未载。

玉水、丹山：喻玉溪红塔山。

绣：赞电视台节目之华美。

1997 年，汪曾祺应邀参加云南玉溪烟厂 40 年厂庆活动。此联系应当地相关人士所请而撰写。崔篱在《云南心·红塔情》一文中有关于写联经过的描述。在撰写此联前，汪曾祺题写了当地文学杂志的刊名，"又要请他为红塔电视台题字。他已被一大堆前来索字要画的缠了大半天，很是疲倦，就故作生气地说：'不写了，不写了，我想不起来了。'然后跑到一边去闷闷地坐着。大家都以为他真的生气了。几分钟后，他忽然噌地站起来，醮饱浓墨写下了'声闻玉水、文绣丹山'八个大字。"

题兖州博物馆

白也诗无敌，兖为天下宗。

此联系汪曾祺应兖州博物馆之请而写，见武秀主编《兖州揽胜》，山东大学出版社 2002 年版，撰写时间不详。《汪曾祺全集》未载。

兖州博物馆：建成于 1999 年，占地近 2 万平方米，建筑面积近 1 万平方米，形制仿汉唐，汪曾祺题词镌刻于主展楼。

白也诗无敌：出自唐·杜甫《春日忆李白》，原诗如下：

白也诗无敌，飘然思不群。
清新庾开府，俊逸鲍参军。
渭北春天树，江东日暮云。
何时一樽酒，重与细论文。

李白曾游任城（今山东济宁，古属兖州），后人建太白楼以纪念。

兖为天下宗：兖，兖州，古九州之一，泛指今山东西南部、河南东部地区。宗，尊崇。曲阜为孔子诞生地，古属兖州。

题泰山中溪宾馆

溪流崇岭上，人在乱云中。

联题为编者所加，联撰于 1991 年 7 月末，发表于 1992 年《绿叶》创刊号《泰山片石》一文中，收入《汪曾祺全集》卷五。

中溪宾馆在泰山中天门。1991 年 7 月，汪曾祺在中溪宾馆一连住了六天，感觉甚佳，居然说"再来泰山，我还住中溪"。他在中溪宾馆"写了两个晚上的字"，此联即写于此时。该联为"嵌名联"，中溪两字分别嵌入上联之首与下联之末，和谐自然且不露痕迹，遣字工巧而别有雅趣。寥寥十个字，点出了宾馆所在的两个特色：一是溪之高，二是云之奇。

作家叶梦那一次与汪曾祺同行。她有一篇文章谈到了汪曾祺在泰山写字画画的一些情况。她说："当年泰山笔会，汪老是笔会一行中兼诗书画文的四项全能选手。汪老的字好，且有求必应，汪老代表一行人写下一大叠字，完成了东道主的列单。""当年笔会的东道主——泰山管委会的接待可谓尽善尽美。汪老不顾躯体，用喝酒提神写下的字，作为笔会的礼物回赠给了泰山诸君。末了，宾主皆大欢喜。我想笔会若是缺少汪老，气氛不知要淡多少。"（叶梦《我所认识的汪曾祺先生》，见 2003 年 9 月《星辰在线》）

题武夷山银河饭店

四围山色临窗秀，一夜溪声入梦清。

　　此联发表于 1990 年 9 月 28 日《中国旅游报》《初访福建》一文中，后收入《汪曾祺文集·散文卷》，"四围"为"四周"，"四周"当系误植。在《自得其乐》（见《汪曾祺全集》第五卷）一文中亦提到，上联前二字为"四围"。

　　楹联切饭店之境。饭店位于武夷山下、崇安溪旁。"临窗"二字，点明不是在途中，不是在路上，是在饭店也。"入梦"二字，亦暗示是在饭店。饭店环境之静，客人舒适之感，借一"清"字尽出矣。

　　武夷山：在福建崇安，建阳，光泽三县交界处，面积约 570 平方公里，为国家重点自然保护区，有福建第一山之誉。传尧时彭祖之子彭武、彭夷来此居住，故名武夷山。有三十六峰、九十九岩、七十二洞、一百零八景诸多景点，并有多种珍稀动、植物，是东南地区著名的游览胜地。

题五粮液酒厂

任你读通四库书，不如且饮五粮液。

汪曾祺丁丑

载《汪曾祺书画集》2000年版，《汪曾祺全集》未载。

四库书：经、史、子、集四部的代称，唐玄宗开元年间，朝廷广收图籍，分藏长安、洛阳两地，"以甲、乙、丙、丁为次，列经、史、子、集四库"。此处泛指中国传统文化，并喻书之极多。

五粮液：中国名酒。以小麦、大米、糯米、玉米、高粱这五种粮食发酵酿制而成故名。此酒1956年被评为全国大曲酒名酒，1992年获得第一届美国国际酒类博览会金奖，1993年获俄罗斯彼得堡国际博览会特别奖。

汪曾祺好酒是出了名的。在文学圈子里有个雅号——酒仙。不管是汪曾祺的挚友知交或刚认识汪老不久的人，他们都知道汪先生与酒的缘分，与酒的感情，都了解酒在汪先生生活、生命及作品中的地位。和汪曾祺熟悉的朋友，在写到他的文章中，几乎都不同程度地写到了汪先生与酒。且摘抄一点如下，看看他的两位酒友高晓声、陆文夫是如何写他的。高晓声也是有酒鬼、酒仙雅号的。但他却自认"汪曾祺好酒，当胜于我"。1986年广州、香港之行，他们两人同居一室，高晓声发现汪曾祺居然是随身带着白酒。高晓声与汪曾祺的最后一面是在1996年的五次作代会，这是两人最后一次在一起喝酒，高晓声有一篇纪念汪曾祺的文章，就叫《杯酒告别》——还是酒（见《你好，汪曾祺》，山东画报出版社，2007 年版）。陆文夫也是文坛之酒仙，只要是陆文夫、高晓声、林斤澜、叶至诚和汪曾祺等都参加的活动，他们总是喜欢聚在一起。陆先生说得很清楚——"是酒把我们浸泡在一只缸里"，"我们都是在江河湖泊的水边长大的，一谈起鱼和水，就争着发言，谈到后来酒也多了，话也多了，土话和乡音都出了，汪曾祺听不懂高晓声的武进话，谁也听不懂林斤澜的温州话，好像谁也不想听懂谁的话。此种谈话只是各人的一种抒发，一种对生活的复述和回忆"。据陆文夫回忆，汪曾祺、高晓声一次在常州吃酒，居然把第二天参加在上海开的世界汉学家会议给忘了！这可是一个高层次的学术会议噢。（见 2002 年 12 月 2 日《扬子晚报》刊载的《酒仙汪曾祺》）

　　1982 年，汪曾祺、林斤澜、刘心武等作家在四川作协之邀，曾在四川兜了一大圈，刘心武对汪曾祺有生动形象的描述："平常时候，特别是没喝酒时，汪老像是一片打蔫的秋叶，两眼昏花，跟大家坐在一起，心不在焉，你向他喊话，或是答非所问，或是置若罔闻。可是只要喝完一场好酒，他就把一腔精神提了起来，思路清晰，反应敏捷，寥寥数语，即可满席生风，其知识之渊博之偏门之琐细，其话语之机智之放诞之怪趣，真是令人绝倒！……酒后的汪老两眼放射出电波般的强光，脸上的表情不仅是年轻化的，而是简直是孩童化的，他妙语连珠，幽默到令你从心眼上往外蹿鲜花！"

　　汪曾祺的女儿汪明有一段话，特具有概括性，她说：妈妈高兴的时候，管爸爸叫"酒仙"，不高兴的时候，又变成了"酒鬼"。做酒仙时，散淡超脱，诗也溢彩，文也隽永，书也飘逸，画也飞扬；当酒鬼时，口吐狂言，歪倒醉卧，毫无风度。仙也好，鬼也罢，他这一辈子，说是在酒里"泡"过来的，真是不算夸张。……和爸共同生活的四十几年里，我们都明白，酒几乎是他即闪闪发光的灵感的催化剂。……酒使他聪明，使他快活，使他的生命色彩斑斓。这在他，是幸福的（见《老头儿汪曾祺——我们眼中的父亲》。不过，应当特别指出的是，尽管汪老好酒、嗜酒，甚至可谓之为第一生命；但有一句话我要告诉世人：汪先生对写作："从不敢随便，构思时，不禁酒；动笔时，滴酒不沾！"（见屠燹昌《怀念汪曾祺》）

题玉溪烟厂（两副）

（一）

技也进乎道，名者实之宾。

联载 1991 年第 4 期《十月》的《烟赋》一文，收入《汪曾祺文集·散文卷》。《汪曾祺全集》第五卷《烟赋》一文删去此联及相关文字。

联句皆出自《庄子》。

技也进乎道：出自《庄子·养生主》。"庖丁为文惠君解牛，手之所触，肩之所倚，足之所履，膝之所踦，砉然响然，奏刀騞然，莫不中音；合于桑林之舞，乃中经首之会。文惠君曰：'嘻，善哉！技盖至此乎？'庖丁释刀对曰：'臣之所好者，道也，进乎技矣。'"宋·无名氏《宣和画谱·道释二》："庖丁解牛，轮扁斫轮，皆以技进乎道。"技，技巧、技术。道，事物的本质和规律。

名者实之宾：出自《庄子·逍遥游》："尧让天下于许由……许由曰：'子治天下，天下既已治也；而我犹代子，吾将为名乎？名者，实之宾也；吾将为宾乎？……'"名，名声。实，实际。宾，从属，次要的东西。

（二）

人具远志，烟有醇香。

联语抄自照片，撰写时间不详。《汪曾祺全集》未载。

题《金融作家》创刊号

辩同盐铁论，文似金错刀。

此联撰于 1994 年 3 月。发表于 2007 年 4 月 22 日网络瑶山云霓之《请汪曾祺先生题字》一文中。《汪曾祺全集》未载。

盐铁论：书名，西汉桓宽编著。汉昭帝始元六年（前 81），朝廷召开盐铁会议，对政府的经济、政治、文化、军事方面的政策进行批评和辩论，御史大夫桑弘羊与各地推举的贤良、文学代表展开了反复争论。此书即为会议的文献史料。

金错刀：刀名。喻物之珍贵，汉时诸侯王以黄金饰刀。《文选》张衡《四愁诗》："美人赠我金错刀，何以报之英琼瑶。"此处喻文之优秀。金错刀，亦称错刀，又是古代钱币名。联中之义似非指此。

题《中国民族博览》

故国山河壮，各族俊才多。

此联写于 1997 年 4 月 17 日，见凤洁《汪曾祺最后的梦——哭汪曾祺先生》一文，发表于 1997 年 5 月 27 日《文艺报》。《汪曾祺全集》未载。

《中国民族博览》是中国少数民族文化基金委员会主办的刊物。汪曾祺应邀担任了该杂志的顾问，并为杂志题了词。这是汪先生为刊物的最后一幅题词。

故国山河壮：1946 年 8 月，革命烈士罗世文于白公馆被害前作绝笔诗。诗为："故国山河壮，群情尽望春。英雄夸统一，后笑是何人。"

题配黄永玉《索溪无尽山》

欹枕听雨，开门见山。

联写于 1988 年 5 月，发表于 1988 年第一、二期《桃花源》《索溪峪》一文中，收入《汪曾祺全集》卷四。1988 年 5 月，汪曾祺应邀参加在湖南常德召开的北岳通俗文学讨论会，在此期间游索溪峪等地，索溪峪某招待所饭厅置有黄永玉所作"索溪无尽山"中堂，汪曾祺应招待所所长之请，为黄永玉画配题了此副对联。

黄永玉：1924 年生，湖南凤凰人。著名画家、作家，汪曾祺的好朋友。曾为中央美术学院教授、中国美术家协会副主席。出版有文集《太阳下的风景》、诗集《曾经有过那种时候》和《黄永玉画集》等。

欹枕：靠着枕头。欹，依、倚。唐·胡曾《妾薄命》有"欹枕夜悲金屋雨"句；唐·刘禹锡《和宣武令狐相公郡斋新竹》有"欹枕闲看知自适"句；宋·欧阳修《玉楼春》有"故欹单枕梦中寻"句。

题赠贺平（萌娘）藤萝画题词

藤扭枝枝曲，花沉瓣瓣垂。

此联《汪曾祺全集》未载。见萌娘《苍茫时刻》，发表于1997年第4期《牡丹》。

萌娘：原名贺平。1956年生，黑龙江哈尔滨人。文学硕士，中国作家协会会员。《哈尔滨文学》编辑，《环球企业家》记者部主任。著有散文集《秋天的钟》、报告文学集《源自北卡罗琳娜州的河流》等。时为中华文学基金会《环球企业家》编辑。

贺平与汪曾祺有过多次交往，汪曾祺还评论过贺平写的散文。这幅画（题词）是1996年6月汪曾祺赠予贺平的。汪曾祺逝世后，贺平在《苍茫时刻》一文中，深情地追忆了汪曾祺先生对她的关注与爱护，并记述了汪曾祺送她画的事："我问他：先生最近还画吗？他顺手从写字台上拿起一幅画给我，你看，他说。那是一幅墨彩藤萝，情致、韵味恰到好处，细看上面题一行字，我轻轻读出声来：藤扭枝枝曲，花沉瓣瓣垂。为贺平作，丙子夏日，汪曾祺。我特别惊讶：这是给我的？汪先生微笑着点点头。那是先生唯一一次对我用'贺平'这个名字。'这是什么时候画的？'我问他。'今天下午，放下你的电话就画了。'"

赞索溪峪

造化钟神秀，烟云起壮思。

联载《索溪峪》，收入《汪曾祺全集》第四卷。

造化钟神秀：杜甫《望岳》中句。造化，谓天地，大自然。钟，聚集，赋予、钟情。神秀，非凡的美，此处指索溪峪之奇异超众。

赞大理

苍山负雪，洱海流云。

此联发表于 1992 年第 1 期《艺术世界》杂志《自得其乐》一文中，收入《汪曾祺全集》卷五。

苍山负雪：此句出自清·姚鼐《登泰山记》。苍山，又名灵苍山、灵鹫山，位于云南大理，海拔多在 3000 米以上，绵延约 50 公里。是滇西名山，是国家级风景名胜区和国家级自然保护区，风光优美，名胜荟萃。

洱海：位于云南大理，古称洱河、叶渝泽、昆弥川，长 40 公里，东西平均宽 7 至 8 公里，水面海拔 1972 米，为云南第二大内陆淡水湖泊，旅游胜地。

此联贴切而工巧。昔人曾云咏物"以刻画新警为工"（陈匪石《宋词举》卷上）。汪曾祺此联亦得新警之趣。状苍山之雪和洱海之云，达意而传神。"负雪"对"流云"，一静对一动，极具文采。一下子抓住了此处特色，苍山积雪之久，洱海湖水之清，"负""流"二字足矣。

赠汪海珊（两副）

（一）

金罍密贮封缸酒，玉树双开迟桂花。

1981 年

（二）

断送一生惟有，清除万虑无过。

1993 年

联载《走近汪曾祺》，《汪曾祺全集》未载。

汪海珊：又名汪曾庆，汪曾祺同父异母之弟，江苏高邮人。亦好酒善画，为人淡泊。

金罍：对盛酒器的美称。罍，小口大腹之陶制品，贮酒佳具。汉·王充《论衡·谴告》："酿酒于罍，烹肉于鼎，皆欲其气味调得也。"晋·刘伶《酒德颂》："先生于是方捧罍承槽，衔杯漱醪，奋髯踑踞，枕麹藉糟。"

封缸酒：江苏三黄酒佳酿，以精白糯米为原料，用药酒为糖化发酵剂，待糖分达到高峰时，兑入五十度以上的小曲米酒后立刻密封缸口，养醅后抽取百分之六十的清液，再压榨出醅中之酒，后再按比例勾配，定量灌坛后又严密封口，贮存五年才能成品。古代曾被列为贡品。

玉树：喻优秀子弟。《世说论语·言语》："谢太傅（安）问诸子侄：'子弟亦何预人事，而正欲使其佳？'诸人莫有言者，车骑（谢玄）答曰：'譬如芝兰玉树，欲使其生于阶庭耳。'"

第二联当出自唐·韩愈句和宋·黄庭坚《西江月》，《西江月》如下：

老夫既戒酒不饮，遇宴集，独醒其旁。坐客欲得小词，援笔为赋。

断送一生惟有，破除万事无过。远山横黛蘸秋波，不饮旁人笑我。　　花病等闲瘦弱，春愁无处遮拦。杯行到手莫留残，不道月斜人散。

唐·韩愈《远兴》如下：

断送一生惟有酒，寻思百计不如闲。
莫忧世事兼身事，须著人间比梦间。

书写此联时，汪曾祺查出因长期饮酒使肝部损坏致病，白酒已不能再喝了，只能少饮一点葡萄酒。三年多后，终因肝硬化病变恶化去世。汪曾祺书赠此联给乃弟，所蕴涵的深沉感慨、沧桑体验和欲说还休的手足之情，恐怕就非外人能充分感受到的了。

赠汪巧纹

灯火万家巷，笙歌一望江。

1981年10月，汪曾祺回乡，途经镇江会汪巧纹时所赠。见《走近汪曾祺》。《汪曾祺全集》未载。

汪巧纹：汪曾祺的姐姐。江苏高邮人。后定居江苏镇江。

万家巷：地名，在江苏镇江市区，汪巧纹家在此处。

一望江：镇江与扬州只有一江之隔。

赠史善成

良苗亦怀新，素心常如故。

　　史善成：江苏高邮人。曾为高邮川青公社党委书记、高邮县副县长。1981年秋，汪曾祺去川青参观水利农田建设，史曾陪同。1991年秋，汪老再次回邮时，史已升任副县长，分管农业、水利，曾向汪老谈起家乡抗洪的情况。汪曾祺特地斟满了一杯酒，站起来对史善成说："史县长，父母官，高邮保住大堤，就保住了里下河几千万人民的生命，你们功不可没，我敬你一杯！"晚饭后，汪老特书赠这十个字给史善成。事见史善成《随和的汪老》一文，载高邮市文联、高邮市文化局主办的《珠湖》2007年第2期。《汪曾祺全集》未载。

　　良苗亦怀新：晋·陶渊明《癸卯岁始春怀古田舍二首》中句。描绘了春天田野勃勃生机、欣欣向荣貌。怀，孕育、萌动。

　　素心：心地淡泊。

赠金实秋

大道唯实，小园有秋。

此联《汪曾祺全集》未收，见金实秋之《梦断菰蒲晚饭花》，载《中华散文》2002年第11期。

道："道者，万物之奥。"（《老子》）可喻为事物的真实本质和客观规律。

秋：喻收获。北齐·颜之推《颜氏家训·勉学》："夫学者，犹种树也，春玩其华，秋登其实。"

这是一副嵌名联，表述了他对金实秋的热忱勉励和殷切期望，言简意赅且语重心长。联中之"唯""有"二字自然高妙，避说教之嫌而得赏玩之趣。

赠汪云

久有凌云志，常怀恋土情。

此联载朱延庆《三立集·续集》中《蓝天上的高云——记中国第二批女飞行员汪云》一文中，《汪曾祺全集》未载。

汪云：江苏高邮人，特级飞行员，是中国第二批女飞行员。曾接送周恩来、邓小平、朱德、叶剑英、宋庆龄等国家领导人和朝鲜金日成主席、刚果（金）蒙博托总统等外国政要，于蓝天安全飞行三十年，共5500小时。1982年曾被授予"社会主义精神文明先进个人标兵"称号，是全空军标兵中的唯一女性。

久有凌云志：出自毛泽东词《水调歌头·久有凌云志》。此联明白浅显，信手拈来，却对仗工稳，妙语天成。"凌云"对"恋土"，高下成趣，既贴切汪云飞行员之特殊身份，又喻示了他和汪云一样，都对家乡一往情深，万分眷恋。时为高邮县政协副主席朱延庆先生在《三立集·续集》之《蓝天上的高云——记中国第二批女飞行员汪云》一文中，生动地记叙了汪曾祺与汪云相见和赠此联给汪云的过程，现摘抄于下，以飨读者：

1994年6月，高邮市政府在北京召开高邮籍在京人士座谈会，请他们为建设家乡出谋划策，献计出力。著名作家汪曾祺去了，汪云也去了。汪云见到汪曾祺很高兴，汪云说："读了汪老与家乡的小说、散文，仿佛又回到了故乡，见到了很多的熟人、朋友，高邮的人物、风情在汪老的笔下写活了，写鲜了，写神了，谁人不爱高邮？"汪老见到汪云也很高兴，家乡出了个不让须眉的巾帼，他感到骄傲，感到自豪。他们叙起家常来了，汪老的祖籍在安徽，汪云的祖籍也在安徽，他们是同宗呢！

　　会上，早已有人准备了纸墨笔砚，请汪曾祺题字。汪曾祺文名很大，书名、画名也很大，到会的除了高邮的领导、在京的高邮籍人士外，还邀请了有关国家部委的领导。汪曾祺微醺后动笔了，有一位权重者求字，汪老只是朝他望了一眼，未写，倒是特地为汪云写了一幅：久有凌云志，常怀恋土情。汪曾祺夫人施松卿女士曾经说过：曾祺微醺后，兴致上来了，字最潇洒。施老太的话真的不错。汪曾祺还特别加上"赠宗妹汪云"。这幅字中，"常""情"尤其写得大，且笔划重，这既是汪曾祺对这位宗妹的希望，也是他心迹的艺术表露。汪曾祺重情，汪曾祺常常思恋家乡之情如同多年陈酒，愈老愈烈，愈老愈浓，愈老愈醇。

赠李玲

何物最玲珑，李花初拆侯。

　　此句载《汪曾祺与烟酒茶字》一文，见朱延庆《三立集》。《汪曾祺全集》未载。

　　李玲：高邮北海大酒店服务员。

　　拆侯：萌芽。1991年10月，汪曾祺夫妇应邀又一次回到故乡，下榻于北海大酒店。此联系此间所赠。诗句巧妙地嵌入了"李玲"的名字，使人想见小姑娘之活泼可爱。

赠蒋勋

春风拂拂灞桥柳，落照依依淡水河。

联题系编者所加。联撰于 1987 年 9 月，发表于《美国家书·四》，收入《汪曾祺全集》卷八。

蒋勋：台湾画家，美术史教授，作家。1987 年 9 月，汪曾祺应邀去美国爱荷华参加为期三个月的国际写作计划。在美国曾与蒋勋住对门，彼此相处甚洽。蒋勋很喜欢汪曾祺的小说，还将汪曾祺的小说《金冬心》推荐给台湾杂志发表，蒋勋写了一篇小说，也给请汪曾祺作序，并建议两人联袂在纽约开一个小型书画展览会。

灞桥柳：灞桥，又作霸桥。《三辅黄图》卷六《桥》："霸桥在长安东，跨水作桥。汉人送客至此桥，折柳赠别。"蒋勋原籍西安，故云。

落照：夕晖，太阳西下时的辉光。

依依：留恋貌。

淡水河：水名，在台湾。

汪曾祺用灞桥折柳之典入联，意在寄惜别之情。

赠龚文宣

文章略似龚易简，处世当如文宣王。

联题系编者所拟。联撰于 1994 年 1 月，发表于 2007 年 4 月 22 日网络瑶山云霓之《请汪曾祺先生题字》。《汪曾祺全集》未载。

龚文宣：江苏响水人，1957 年生。中国作协会员，出版有中篇小说《蓝色经纬》、长篇小说《硝烟》等，长期在金融系统工作，现为中国长城资产管理公司监察审计部副经理。时参与《金融作家》杂志之筹备工作，曾到汪曾祺寓所请汪先生为《金融作家》题字，汪以此联赠之。联文中嵌入"龚文宣"三字。

龚易简：不详，似有笔误。或为龚易图。龚易图，字蔼仁，号含真，福建福州人，清咸丰时进士，曾官济南知府，江苏按察使，广东、湖南布政使。工诗文，善绘画，著有《乌石山房诗集》等。其所筑双骖园藏书楼藏书达十万多卷，时为闽省第一。又为近代民族纺织工业的开山鼻祖之一，其家族开设之当铺时称规模最大。

赠田原

才名不枉称三绝，扣角何妨到五更。

此联见陆建华《汪曾祺传》（江苏文艺出版社 1997 年版），
《汪曾祺全集》未载。

田原，1925 年生，江苏溧水人。自学成才，曾为《新华日报》
美术编辑，获全国连环画奖、漫画金猴奖、联合国"工艺美术大师"
称号。一级美术师、中国美协、书协会员。著有《中国民间玩具》
《田原硬笔书法》等。尤对郑板桥书法研究之成果独步艺林、
享誉画坛。汪曾祺在江苏文学刊物《雨花》上发表小说，田原
曾为他的小说配过插图。田原认为，汪曾祺之小说"初读似水，
再读便是酒了"。文人相亲，文人相重，田原遂致函汪曾祺，
并附上他所书郑板桥"一庭春雨瓢儿菜，满架秋风扁豆花"一
联以赠。郑板桥撰的联，又是板桥体的字，且汪曾祺在小说《钓
鱼的先生》又引用过该联，汪曾祺十分喜爱。田原的书法给素
昧平生的汪曾祺留下了深刻的印象，不久便撰书了这副对联回
赠田原。此联由高邮朱延庆（时任政协副主席、副县长）转交
田原，汪曾祺在给朱延庆的信中云："天热不能心闲气静，书
不能佳，只联语尚小巧。"识者认为，小巧实自谦语耳，"十四
个字是很厚重的""从文学角度看，极见其古典文学修养之富，
对仗精工"，"出语饶韵味"。识者何人——田原之友，金陵
诗人俞律（著名书画鉴赏家、李可染之女婿）；他说：汪曾祺，

"旧诗坛上高手"也！（见 1993 年 9 月 18 日《扬子晚报》《汪曾祺赠联田原》）

三绝：誉田原之书法、绘画与文章俱臻高超之境。

扣角：亦谓叩角。《艺文类聚》卷九十四引《琴操》："宁戚饭牛车下，叩角而商歌曰：'南山矸，白石烂，生不逢尧与舜禅，短布单衣裁至骭，长夜冥冥何时旦？'齐桓公闻之，举以为相。"田原笔名曰"饭牛"，汪曾祺故以此典入联。

赠成正和

文宗上党赵，意满金陵春。

联载陆建华《汪曾祺传》，江苏文艺出版社 1997 年版。撰于 1991 年 10 月。《汪曾祺全集》未载。

成正和：1956 年生，江苏南京人，中国作协会员，曾任江苏作协副秘书长、书记处书记，著有短篇小说集《淡绿色的站牌》等。

宗：尊奉。

上党赵：指赵树理，赵为山西沁水人，沁水古属上党郡。赵树理（1906—1970），现代著名作家，著有小说《小二黑结婚》《李家庄的变迁》《三里湾》等。作品内容多为农村生活，语言朴实生动，具有独特新颖的民族形式和民族风格，对当时文坛有相当重要的影响。

赠刘德棻

藏龟未失，遗泽长留。

1994 年 6 月，汪曾祺应邀于江苏省戏剧学校讲学时赠。《汪曾祺全集》未载。

刘德棻：时为江苏省戏剧学校副校长，为刘鹗之孙女。

藏龟：指《铁云藏龟》一书。龟，刻有甲骨文之龟片。刘鹗，字铁云。清末著名文学家，古文字学家，著有小说《老残游记》等。《铁云藏龟》是他收藏甲骨文龟片的专著。

遗泽：喻先人留下的恩惠。

赠许雪峰

明月照积雪，猛雨暗高峰。

许雪峰：时为扬州市政协行政科长。

此联"暗"字达意而传神，可谓之"诗眼"。

赠彭匈

（一）

铜鼓声声犹在耳，槟榔叶叶不知秋。

　　此联撰写于 1987 年。见彭匈《会心一笑·铜鼓声声犹在耳》，广西人民出版社 2005 年版。《汪曾祺全集》未载。

　　彭匈：中国作家协会会员，作家，曾任漓江出版社社长，著有散文随笔集《向往和谐》《云卷云舒》《会心一笑》等。彭匈的漓江出版社出版的《汪曾祺自选集》是当时文坛最早出版的作家自选集，在海内外有较大的影响，汪老本人也十分满意，曾多次将此书赠送他人。1987 年，桂林举办旅游文学笔会，彭匈邀请汪曾祺与会，该年 6 月，汪曾祺于桂林撰此联语。彭匈于《铜鼓声声犹在耳》一文中写道："那年老作家汪曾祺访邕，曾作一联语赠我。联云：'铜鼓声声犹在耳，槟榔叶叶不知秋。'槟榔树让老作家印象深刻……"彭匈还在《平凹与我互相道谢》一文中，详细生动地写到了汪曾祺赠联时的情景，彭匈写道："六月的桂林，绿肥红瘦，江水盈盈。我们（指贾平凹与彭匈，编者注）第一次谋面，却是一见如故。平凹敦厚寡言，一口陕西土话，我只能听懂百分之六十左右，我说，能不能往普通话上'靠一靠'？平凹笑笑摇摇头，看样子是'非不为也，是不能也'。于是汪先生便不时插进来充当'翻译'。笔会结束，我又陪他们到了南宁。南国的街市很令他们激动，晚上，在他们下榻的宾馆，我问南宁留给他们印象最深的东西是什么，汪先生答'槟榔树'，贾平凹答'老友面'！彼此大笑了一阵。汪先生来了兴致，铺纸挥毫，给我画了一幅槟榔树，贾平凹接过笔来，在画的空白处题写：'铜鼓声声犹在耳，槟榔叶叶不知秋。赠漓江出版社彭匈先生。'这幅'双绝'大作，我十分宝爱，精心裱褙，藏之高阁。"

铜鼓：打击乐器名，战国时期即有，体格雄浑，纹饰精美，声音悠扬。广西之铜鼓尤具特色，有铜鼓之乡的美誉，其河池市的铜鼓艺术节更是名传遐迩，热闹非凡。

槟榔：树名，又名姑榔木、面木、铁木、董棕等，棕榈科、常绿乔木，开花时割开花序，所流出的液汁可蒸发成砂糖。

（二）

苍山画古成花壁，奇句情深忆柳州。

联载彭匈《会心一笑·闲说柳州人》。1987 年 6 月，汪曾祺于广西撰书此联赠彭匈。《汪曾祺全集》未载。

苍山：指柳州之马鞍山，其山景色如画，为旅游名胜景区。

柳州：指柳宗元。柳宗元（773—819），山西运城人，字子厚。唐代诗人、文学家、哲学家。因参与当时主张革新集团，被贬至柳州为刺史，世人称为柳柳州。柳宗元于柳州革除敝政，免民债务，兴办文教，深受柳州人爱戴尊重，后人建祠以祀。

奇句情深：对柳宗元诗文的赞誉。

赠贾大山

神似东方朔，家傍西柏坡。

载《古今扬州楹联选注》，苏州大学出版社 2004 年版。《汪曾祺全集》未载。撰写时间不详。

贾大山（1942—1997），河北正定人，当代作家。曾为正定县文化局长，河北省作协副主席。著有《贾大山小说集》等，其小说《取经》曾获全国优秀短篇小说奖。

东方朔，西汉时文学家。今山东惠民人，字曼倩。汉武帝时曾为太中大夫，性诙谐滑稽，善辞赋。

西柏坡：位于河北平山县，太行山下，1948—1949 年曾为中共中央所在地。

赠杜文和

人情若野草，诗味似茴香。

此联作于 1994 年，为汪曾祺应邀参加浙江省作协江南风情小说研讨会期间所撰。见 1994 年 1 月 13 日《信息日报》流星雨著《汪曾祺之人与文》。《汪曾祺全集》未载。

杜文和：1954 年生，江苏扬州人。曾任浙江绍兴市文联副主席、绍兴《野草》文学杂志副主编。著有长篇小说《寻魂》、电视剧本《鲁迅与许广平》、散文集《醉乡绍兴》等。

野草：用白居易诗意。白居易《赋得古原草送别》中有句颂野草云："野火烧不尽，春风吹又生。"汪曾祺借此歌颂两人之间的友情，亦兼表达离别之情。

茴香：草本植物，香味浓烈。喻杜文和之作品优秀。

赠温州某少女

家居绿竹丛中，人在明月光里。

此联写于 1995 年 10 月，辑自程绍国《林斤澜说》，诗题为编者所加。《汪曾祺全集》未载。

1995 年 10 月，浙江温州市瓯海区邀约林斤澜、邵燕祥、唐达成、姜德明、蓝翎、赵大年、陈建功等作家和谢冰岩等书法家采风。汪曾祺与夫人施松卿也去了。在此期间，有一位十八九岁的少女搀扶汪老走路，无微不至，人亦漂亮。汪老很感动，说要写几句话送给她，原来想的是"住在翠竹丛中，梦里常流绿色。"后来，写给她的已是"家居绿竹丛中，人在明月光里"了。少女家开了一个小酒店，汪老还为小酒店题写了"春来饭店"四个字，回京后，又写了一篇散文《月亮》，主要写的就是这位姑娘。至于是少女在明月光里呢，还是汪老在明月光里呢？抑或两者都在明月光里呢？我以为，当是三者都是吧，不知诸君以为然否？

林则徐有题福州桂斋联云：

人行柳色花光里，身在荷香水影中。

旧有两副桥联亦为世人所誉，一联为贵州贵阳浮玉桥桥亭之联，清人汪炳璈撰，联云：

水从碧玉环中出，人在青莲瓣里行。

一为河北赵县赵州桥桥联，文曰：

水从碧玉环中去，人在苍龙背上行。

汪老赠少女之联，构思遣词颇近上述三联，而"人在明月光里"似更有情韵，盖作者之情感，尽充盈其中矣。

赠扬州市政协

风和嫩绿柳，雨润小红箫。

绿柳：喻扬州，扬州杨柳树特多，有"绿杨城郭"之誉。

小红箫：化自宋·姜夔"小红低唱我吹箫"句，喻扬州之升平景象。

此联工巧。其"嫩绿"对"小红"尤见功力。

七十三岁生日自寿

往事回思如细雨，旧书重读似春潮。

此联摘自《祈难老》，原载 1993 年第 4 期《火花》，收入《汪曾祺全集》第五卷，联题为编者所加。《汪曾祺全集》末字"湖"，应为"潮"，湖误。

1994 年，汪曾祺曾将此联书赠巫宁坤。巫宁坤是他西南联大时的同学，好朋友，巫宁坤即以此联之上联为题写了一篇散文，文中说："字是一副清秀的草书对联：'宁坤客中饰壁。往事回思如细雨，旧书重读似春潮。'他在《七十书怀出律不改》中写道：'书画萧萧余宿墨，文章淡淡忆儿时。'5 月 14 日，我在沙田买到 1993 年出版的《汪曾祺散文随笔选集》，其中就有八篇忆儿时的文章，篇篇淡淡如细雨。但我不禁联想到'无边丝雨细如愁'，曾祺这样的性情中人，回思往事的细雨能没有淡淡的哀愁吗？"

旧书重读似春潮，是喻重读以前看过的书，有新的感受，新的发现。

这是汪老自寿的唯一的一副楹联，也是自寿诗联的最后一联。此后，汪老再也没有写过自寿的诗联或文章。

贺金传捷、萧梅红成婚

风传金羽捷，雨湿小梅红。

此联《汪曾祺全集》未载。

此是一副嵌名谐联。金传捷为汪曾祺之外甥。

羽：喻书信。

雨：隐喻云雨之事。

挽薛恩厚

居不求安，食不择味，从来不搞特殊化；

进无权欲，退无怨尤，到底是个老党员。

此联《汪曾祺全集》未载。见金实秋《汪曾祺撰联》，载1994年1月20日《扬子晚报》。

薛恩厚：曾为北京京剧团党委书记，与汪曾祺合作过京剧剧本《小翠》《芦荡火种》，并根据陈靖的小说《金沙江畔》改编成评剧《金沙江畔》（与安西合作）、写过京剧《苗青娘》（与时佩璜合作）等。

汪曾祺对薛恩厚印象很好，评价不错。在《我的"解放"》一文中，他几次都提到了薛恩厚。陈徒手在《汪曾祺的"文革"十年》中，有一个细节很生动，反映了汪与薛之间同病相怜，互相信任："汪曾祺伤感地对薛说：'我现在的地位不能再多说了，我是控制使用。'想不到薛回答：'我也和你一样，她（指江青）不信任我。'"

怨尤：即怨天尤人，埋怨上天，责怪他人。语出《论语·宪问》："不怨天，不尤人，下学而上达，知我者其天乎！"

挽张暖忻

繁花此日成春祭，云水他年梦白鸥。

联载何志云《送张暖忻》，见《最后的角落》，广东旅游出版社 1997 年版。《汪曾祺全集》未载。

张暖忻（1940—1995），内蒙古呼和浩特人，蒙古族，著名电影导演。曾与丈夫李陀合作创作电影剧本《李四光》（原名《沧桑大地》）、《沙鸥》和论著《谈电影语言现代化》；其导演的《青春祭》《北京，你好》曾获香港电影金像奖评出的当年十大华语片之一，《沙鸥》获 1982 年电影金鸡奖导演特别奖。